KB097964

모든 운동은 책에 기초한다

모든 운동은 책에 기초한다

세 기 말 교 양 인 의 근 사 한 북 - 리 뷰

슈테판 츠바이크 지음   오지원 옮김

서문을 대신하여: 책, 세계로 들어가는 문 11

동화로의 회귀 27

릴케의 시 45

프로이트의 『문명 속의 불만』 53

토마스 만의 『로테, 바이마르에 오다』 61

세계상으로서의 책 67

『천일야화』의 드라마 77

플로베르의 『감정 교육』 97

루소의 『에밀』 103

스탕달, 독일로 돌아오다 115

타고르의 『사다나』 123

조이스의 『율리시스』에 관한 메모 139

발자크에 관한 촌평 147

어느 소녀의 일기 163

괴테의 시에 대하여 173

역자 후기: 책의 사람 츠바이크 191

책, 세계로 들어가는 문

지상의 모든 운동은 근본적으로 인간 정신의 두 가지 발명에 그 근거를 둔다. 공간적 운동은 축을 진동하며 구르는 바퀴를 발명함으로써 가능했고, 정신의 운동은 글자의 발명 덕에 그러했다. 언젠가 어디선가 처음으로 나무를 구부려 바퀴의 틀을 만든 이가 바로 전 인류에게 국가와 민족 간의 거리를 극복하는 법을 가르쳐 준 것이다. 자동차가 발명된 덕에 각종 운송품이 돌아다니고 여행으로 견문을 쌓는 것이 가능해졌고, 특정 과일이나 광석, 광물, 제품 등을 한정된 풍토의 원산지에만 할당해 두려는 자연의 의지는 무용해졌다. 동양과 서양, 남과 북, 동과 서가 새로 고안된 탈것에 의해 서로 가까워졌다. 그리고 기차 밑에서 굴러가고 자동차를 나아가게 하고 프로펠러를 돌리는 모든 형태의 바퀴가 기술에 의해 발전을 거듭해 공간의 중력을 극복한 것처럼, 글자 또한 단지 묘사하는 역할에서 진즉에 더 나아가 한 장의 종이에서 책이 되었고, 지상에 사는 개별 영혼들의 경험과 체험의 비극적 유한함을 극복토록 했다. 책을 통해서라면 누구도 자신의 시야에 갇히지 않고 현재와 과거의 모든 사건, 전 인류의 사상과 감정에 모두 관여할 수 있게 된다. 오늘날 우리 정신세계의 모든 혹은 거의 모든 지성적 활동은 책에 기초하고 있으며, 물질의 상부에 있는 문화라고 불리는 그 무엇은 책 없이는 생각하기 어려웠을 것이다. 사적이고 개인적인 삶에서 영혼을 확장하고 세계를 건설하는 이러한 책의 힘에 대해 우리는 거의 의식하지 못하며, 매우 드문 순간에만 자각할 뿐이다. 새롭고 놀라운 것의 존재에 매번 감사함을 느끼는 것과 다르게 책은 이미 우리 일상에서 당연한 것이 된 까닭이다. 마치 우리가 호흡할 때마다 산소를 들이마시지만 눈에 보이지 않는 그 공급으로 혈액이 비밀스러운 화학작용을 해서 원기를 회복한다는 것을 전혀 자각하지 못하는 것처럼, 책을 읽는 눈으로 끊임없이 영적 재료를 받아들이지만 그것으로 우리 정신이 새 힘을 얻거나 혹은 지치거나 한다는 사실은 의식하지 못한다. 수백 년에 이르는 문자 역사의 자손인 우리에게 읽는 행위는 이제 거의 신체 기능이나 마찬가지로 자동운동이 되었고, 학교에 들어가면서부터 책을 가까이하기 때문에 책은 이미 자연스레 늘 우리 곁에 있는 것이 되었다. 따라서 대부분의 경우 우리는 웃옷이나 장갑, 담배 등 공장에서 대량으로 찍어 낸 공산품을 고르듯 대수롭지 않게 책을 골라 든다. 접근성이 높다는 사실은 으레 그 대상에 대한 경외심을 격하시키기 마련이며, 익숙하고 일상적인 것은 오직 우리가 지금 이 순간을 살아가고 있음을 진정 생산적인 태도로 깊이 생각해 내면의 눈으로 주시하는 순간에만 다시금 놀라운 것으로 변모한다. 오로지 그런 숙고의 시간에만 우리는 책에서 삶으로 넘쳐흘러 우리의 영혼을 뒤흔드는 힘을 엄숙히 인지하여, 책의 기적이 아니었다면 오늘날 우리 내면의 실존에 대해서는 도저히 생각할 수조차 없었을 거라는 사실을 중요히 여기게 된다.

그러한 순간은 드물지만, 바로 드물기 때문에 한순간 한순간이 오래도록, 보통 수년이 지나도 기억에 남아 있는 것이다. 그리하여 나는 아직도 개인의 내면세계가 책의 유무형의 세계와 깊숙이 그리고 창조적인 방식으로 얽혀 있다는 것이 내게 명료해진 날을, 그 시간과 공간을 뚜렷이 기억한다. 내가 이런 정신적 깨달음의 순간을 뻔뻔해지지 않고 설명해도 된다고 믿는 이유는 그 체험과 인식이 개인적인 것이었다고 해도 그 순간은 이미 내 무작위의 인격을 훌쩍 뛰어넘은 것이었기 때문이다. 그때 나는 스물여섯쯤 이었고, 이미 책을 집필한 바 있었기에 일종의 비밀스러운 변신에 대해 어느 정도 알고 있었다고도 할 수 있다. 이 변신이란, 음침한 상상이나 꿈과 환상을 체험했을 때 그것이 반드시 거쳐야만 하는 많은 단계를 지나 놀랄 만치 압축되고 고양되어 종내에는 두꺼운 표지에 싸여 사각으로 철해진 것, 팔 수 있는 것으로 가격이 찍혀 아무런 의지 없이 가게의 쇼윈도 안에 놓여 있는 물건처럼 보이는 것이자 동시에 한 권 한 권이 깨어 생명력을 지니고 있으며, 값을 치른 이에게 팔릴 수 있으면서도 자기 자신에게 귀속되고 동시에 그 책장을 넘겨 보고자 하는 사람에게도 속하고, 그보다 더욱 그것을 읽는 사람에게 속하지만 사실 근본적으로는 단순히 읽는 것뿐 아니라 책 읽기를 즐기는 최후의 사람에게 속하는 것, 바로 우리가 책이라 부르는 것으로 물화하는 일이다. 그러니까 나는 내 본질이 낯선 혈관 속으로 방울방울 옮겨지고, 운명이 다른 운명으로, 감정이 다른 감정으로, 정신이 다른 정신으로 옮아가는 이 묘사조차 불가능한 수혈의 과정을 조금은 겪어 본 적이 있었던 셈이다. 그러나 당시의 나는 인쇄된 것이 부리는 광범위하고 격렬하며 완전한 수준의 마법을 인식하지는 못해서, 내 사고의 수준은 막연히 그 주변부만 맴돌 뿐 총체적이고 결정적인 국면에까지는 이르지 못했다. 그 마법을 처음으로 경험한 것은 이제 설명하려고 하는 바로 그날, 그 순간에 이르러서였다.

그때 나는 이탈리아 국적의 배를 타고 제노바에서 나폴리로, 나폴리에서 튀니지로, 튀니지에서 다시 알제리로 지중해를 가로지르는 여행 중이었다. 며칠이나 걸리는 긴 여행이었고, 배는 텅텅 비어 있었다. 승무원 무리 중 한 명이었던 어린 이탈리아인과 자주 한담을 나누었던 것은 그 때문이었다. 말하자면 그는 승무원의 조수 노릇을 하는 일종의 하인이었고, 맡은 일이라고 해 봐야 선실을 청소하는 일, 갑판을 박박 문질러 닦는 일 그리고 그것과 별다르지 않은 잡다한 일뿐이었다. 그의 지위는 선원 내부의 서열 체계에서도 하위인 듯했다. 잘생긴 용모와 그을린 피부를 가진 검은 눈동자의 소년, 웃을 때 입술 사이로 빛나는 이가 매력적인 그를 바라보는 것은 그 자체로 커다란 즐거움이었다. 그는 자주 웃었다. 재기발랄한 노래와도 같은 자신의 이탈리아어에 푹 빠져 그 음악에 요란한 손짓을 곁들이는 것도 절대 잊지 않았다. 모사하는 재능을 타고나서 한 사람 한 사람의 몸짓을 포착하여 희화화했다. 이가 없는 선장이 말하는 방식을, 늙은 영국인이 왼쪽 어깨를 내민 채 뻣뻣하게 갑판 위를 지나가는 모습을, 저녁 만찬 후 승객들 앞에서 어깨가 으쓱해진 주방장이 대가라도 되는 듯 배부른 사람들을 당당히 바라보는 모습을 잘도 흉내 냈다. 이 그을린 피부의 들짐승 같은 아이와 수다를 떠는 것은 유쾌한 일이었다. 이마가 매끈하고 팔에 문신을 새긴, 스스로 설명하기를 고향인 에올리에제도에서 수년간 양을 치다가 이 배에 합류했다는 소년은 선량한 어린 동물 같은 붙임성이 있었기 때문이다. 그는 내가 그와 있는 것을 즐거이 여기며, 이 배의 다른 누구보다 자기와 이야기 나누는 것을 좋아한다는 사실을 바로 알아차렸다. 그러자 그는 마음속에 있는 모든 것을 솔직하고 자유롭게 털어놓았고, 겨우 이틀 만에 우리는 벌써 친한 친구나 옛 동창생이 된 느낌이었다. 그런데 하룻밤 새 갑자기 그와 나 사이에 보이지 않는 벽이 생겨 버렸다. 나폴리에 정박했을 때였다. 배는 석탄, 새로운 승객, 채소, 우편물 등 항구에서 늘 싣곤 하는 것을 적재한 뒤 새로이 길을 떠났다. 웅대한 포실리포가 벌써 작은 언덕처럼 멀어져 가고, 베수비오 위로 드리운 구름은 담배 연기처럼 희미하게 똬리를 틀었다. 그때 그가 이를 활짝 드러내고 웃으며 내 쪽으로 몸을 바짝 붙이더니, 자랑스럽게 방금 받은 구겨진 편지를 내밀며 내게 읽어 달라고 했다.

처음에는 상황을 제대로 이해하지 못했다. 조반니가 한 소녀로부터 받은 것으로 짐작되는 그 편지가 외국어로, 아마도 프랑스어나 독일어로 쓰인 모양이라고 생각했다. 소녀가 이 소년을 마음에 들어하는 상황인 것 같은데, 지금 그는 내가 사랑의 전언을 이탈리아어로 번역해 주길 바라는 게 아닐까 한 것이다. 하지만 아니었다. 편지는 이탈리아어로 쓰여 있었다. 그럼 그가 원하는 것은 무엇인가? 나보고 편지를 읽어 보라고? 아니요, 그는 거의 다급하게 반복했다. 이 편지를 나한테 읽어 달라고요, 읽어 줘요. 그리고 한순간에 모든 것이 명확해졌다. 이 조각같이 아름답고 영리하고, 자연스러운 예의와 진정한 애교를 타고난 이 소년은 자기 나라 통계에 따르면 7-8퍼센트에 이른다는 글자를 읽지 못하는 무리에 속했던 것이다. 그는 문맹이었다. 그리고 그 순간 나는 유럽에서 멸종해 가는 이 종種과 과연 한 번이라도 대화를 해 본 적이 있었는지 기억이 나지 않았다. 조반니는 내가 처음으로 만난 글자를 읽을 줄 모르는 유럽인이었다. 나는 이제 그를 친구나 동료의 입장에서가 아니라 진귀한 물건을 쳐다보듯 의아한 눈으로 바라보았다. 그러고 나서는 물론 편지를 읽어 주었다. 마리아인가 카롤리나라는 이름의 재봉사가 준 편지에는 어느 나라에서나, 어느 언어로나 소녀가 소년에게 보내는 편지에 쓸 법한 말들이 적혀 있었다. 그는 내가 편지를 읽는 동안 내 입을 뚫어져라 바라보았는데, 나는 단어 하나하나를 간직하려는 그의 노력을 감지했다. 눈썹 위쪽 피부가 불룩 튀어나오도록 인상을 쓰고 있는 것을 보고 나는 그가 주의를 기울여 들으려고, 제대로 알아들으려고 애쓰고 있다는 것을 알았다. 그 편지를 두 번 천천히 명확하게 읽어 주는 동안 그는 단어 하나하나를 경청하며 점점 더 만족스러워했다. 그의 눈동자는 빛났으며, 입은 여름의 붉은 장미처럼 활짝 벌어졌다. 그때 난간 쪽에서 고참 선원 한 명이 다가오자 그는 서둘러 내빼 버렸다.

이것이 그날 있었던 일의 전부다. 그러나 진짜 체험은 이제부터 내 안에서 시작될 참이었다. 갑판 의자에 몸을 누이고 푸근한 밤하늘을 올려다보았다. 이 독특한 경험은 나를 잠잠히 있도록 내버려 두지 않았다. 나는 생전 처음으로 문맹을 만났고, 게다가 그는 유럽인이었고, 심지어 영특하다 판단해 친구처럼 대화를 나누던 이였다. 그렇게 글자로부터 차단된 머릿속에서는 세계가 어떤 모습으로 그려질지 알 수 없어 괴로웠다. 나는 읽지 못한다는 것이 어떤 것일지 곰곰이 생각해 보려고 했다. 그 사람의 입장에 스스로를 대입해 보려고 노력했다. 신문을 집어 들어도 이해할 수 없다. 책을 들면, 손에 놓인 그것은 나무나 쇠로 만든 것보다 얼마간 가볍고 네모지고 색깔이 있는 무용한 물건일 뿐, 그는 그것으로 뭘 해야 할지 몰라 다시 내려놓고 말 것이다. 서점 앞에 서면, 네모지고 등에 금박이 새겨진 노랗고 푸르고 붉고 흰 아름다운 물건들이 그에게는 그림 속의 과일이나 꽉 잠겨 향을 맡을 수 없는 향수병과 다를 바 없을 것이다. 괴테, 단테, 셸리 등의 성스러운 이름을 줄줄이 나열해도, 이 생명력 없는 음절들은 그에게 공허하고 의미 없는 울림일 뿐 어떤 중요성도 전하지 못할 것이다. 그 가엾은 아이는 마치 은빛 달이 우중충한 구름 사이에서 모습을 드러내듯 갑자기 책 한 줄로부터 터져 나올 수 있는 거대한 환희를 알지 못할 것이다. 그는 거기에 그려진 운명이 갑자기 자신 안에서 살기 시작할 때의 그 깊은 감동을 모를 것이다. 책을 모르는 그는 동굴 속에 사는 음침한 존재처럼 자신을 세상으로부터 완전히 격리시킨 채 살아가는 것이다. 나는 자문해 보았다. 이렇게 완전한 것과의 관계로부터 분리된 채 숨 막혀하지 않고, 점점 야위지 않고 어떻게 삶을 견디는 것일까? 눈이나 귀가 우연히 포착하는 것 말고 다른 것은 아무것도 알지 못한 채 어떻게 이 삶을 견디는 것일까? 책에서 흘러넘치는 세계의 기운을 느끼지 않고 어떻게 숨을 쉬며 살아가는 것일까? 나는 점점 더 집중해서 읽지 못하는 사람의, 정신적 세계로부터 차단된 사람의 상황을 상상해 보려고 애썼다. 학자들이 옛 수상가옥의 흔적이 남은 터에서 머리 모양이 납작한 인류나 석기시대 원시인의 존재를 재구성해 보려 하는 것처럼, 그가 영위하는 삶의 형식을 인위적으로 내게 적용시켜 보려고 노력했다. 그러나 나는 책을 읽어 본 적이 없는 사람의 머릿속으로는, 그런 유럽인의 사고방식 속으로는 도저히 파고들어 갈 수가 없었다. 그것은 마치 청각장애인이 묘사만으로 음악을 상상했을 때 깊이 매혹될 수 없는 것과 마찬가지였다.

문맹인 사람의 내면을 이해할 수 없었으므로, 도움이 될까 싶어 나는 책이 없는 내 삶을 한번 상상해 보기로 했다. 먼저 내 삶의 범위 안에서 문자로 쓰인 것, 무엇보다 책으로부터 받아들였던 모든 것을 한 시간 동안 삭제해 보기로 했다. 그러나 이것부터가 어려운 일이었다. 왜냐하면 지식, 경험, 삶에 대한 감각을 넘어 세계와 자아에 관한 감수성까지도 책과 교육에 의해 형성되어, 그것을 제거한다면 내가 '나'라고 여겼던 것이 완전히 소멸할 수밖에 없었기 때문이다. 어떤 사물에 대해 생각하든, 어떤 대상을 떠올리든 내가 책에 신세지고 있는 기억과 경험이 연관되어 있었고, 모든 단어가 내가 책에서 읽거나 배운 것을 수없이 연상시켰다. 예컨대 알제리와 튀니지에 갔던 경험을 떠올렸을 때, 내가 특별히 의도하지 않았음에도 '알제리'라는 단어와 관련된 백 가지 연상이 순식간에 떠올라 결정이 되어 맺혔다. 카르타고, 바알신 숭배 의식, 『살람보』*, 자마에서 벌어진 로마인과 카르타고인, 스키피오와 한니발의 격돌 등 리비우스가 쓴 모든 장면과 그와 동일한 장면을 묘사한 그릴파르처의 희곡 일부가 동시에 떠올랐고, 들라크루아의 그림 한 점이 생생하게 그 장면들과 플로베르가 묘사한 정경 사이를 통과했다. 세르반테스가 카를 5세의 지배 아래 있던 알제리에서 폭풍우 때문에 부상을 입었던 일 외에도 천 가지 세세한 일이 알제리와 튀니지라는 단어를 발음하거나 생각하기만 해도 마법처럼 되살아났다. 2천년에 걸친 투쟁과 중세 역사 그리고 그와 연관된 헤아릴 수

---

* 기원전 3세기 카르타고 용병들의 반란을 배경으로 한 귀스타브 플로베르의 소설.

없이 많은 것이 기억으로부터 소환되어 북적거리며 모여들었고, 이 꿈결 같은 단어 하나가 내가 어린 시절부터 읽거나 배운 모든 것을 풍성하게 만들었다. 그리고 여러 연관성 안에서 광범위하게 사고할 수 있는 이런 재능 혹은 은사恩賜는, 세계를 동시에 다양한 측면에서 바라보게 하는 훌륭하고 비할 데 없이 올바른 이 시각은 오직 직접 겪은 경험의 범위를 넘어 많은 국가와 사람과 시대에 관해 책에 보관된 것을 받아들이는 사람에게만 주어진다는 것을 이해하게 되었다. 그런 이유로, 책 읽기를 포기한 사람이 얼마나 좁은 시각으로 세계를 보게 될지 짐작해 본 결과는 내게 충격일 수밖에 없었다. 딱한 조반니가 세계를 향한 흥미를 더 이상 고조시킬 수 없을 거라는 사실에 내가 이토록 깊이 생각에 잠기고 격렬히 동정심을 느낄 수 있었던 것, 스쳐 가는 타인의 운명에도 깊이 동요할 수 있는 능력을 갖게 된 것도 모두 문학에 몰두한 덕분이 아니겠는가? 책을 읽는다는 것은 자연스럽게 타인의 삶에 동승하고 그의 사고방식으로 생각한다는 것과 다름없지 않은가? 그리고 이제 나는 점점 더 생생하게, 점점 더 감사한 마음으로 내가 책을 읽으며 누린 셀 수 없는 기쁨의 순간을 떠올렸다. 하늘의 별이 하나둘씩 연달아 보이듯, 한 사례에 이어 다른 사례가 줄지어 떠올랐다. 나는 내 삶을 무지의 속박에서 벗어나도록 확장시키고, 가치를 매기는 법을 알려 주고, 당시 아직 깡마르고 미성숙했던 소년의 신체에 비해 압도적인 영향력으로 여러 자극과 경험을 선사했던 사례 하나하나를 돌이켜 보았다. 그러자 이제 나는 어린 소년의 영혼이 플루타르코스의 『영웅전』이나 해군 사관생도의 해양모험담, 『가죽 스타킹 이야기』*의 추격담을 읽을 때 기대감으로 엄청나게 부풀어 올랐던 이유를 이해할 수 있었다. 거칠고 뜨거운 세계는 그때 그 평범한 시민계급 아이가 살던 집 벽 안으로 침투하는 동시에 아이를 그곳으로부터 벗어나게 했던 것이다. 나는 책을 통해 우리가 사는 세계의 측량할 수 없는 광활함을 처음으로 알게 되었고, 그것이 주는 환희에 나를 맡기는 법도 알게 되었다. 우리가 겪는 모든 확장의 주요한 부분, 소위 말하는 '자신을 넘어서고자 하는 갈망', 우리 본질의 가장 훌륭한 점인 이 모든 거룩한 갈증은 늘 새로운 체험을 우리 안으로 받아들이도록 고취하는 책의 기지에 빚지고 있다. 나는 책의 지혜에 의지하여 내렸던 중요한 결정들을 기억해 냈다. 때로는 친구나 여자와의 만남보다 더 중요했던 죽은 지 이미 오래인 문인과의 만남도, 황홀한 향락에 취해 잠자는 것도 잊고 책과 보냈던 사랑의

밤도 기억났다. 그리고 깊이 생각하면 할수록 수백만 개별적인 인상들의 단자單子로 이루어진 우리의 영적 세계가 실은 매우 작은 부분만 직접 본 것과 경험한 것에 근거하고, 복잡하게 얽힌 더 근본적인 덩어리는 책과 책에서 읽고 전달받고 배워 익힌 것의 덕을 보고 있다는 것을 깨달았다.

이 모든 것을 돌이켜 생각해 본 것은 잘한 일이었다. 오래 잊고 있었지만 책을 통해 경험했던 크나큰 기쁨이 다시 떠올랐고, 하나가 다른 하나의 꼬리를 물고 줄줄이 뒤를 이었다. 벨벳과도 같이 어두운 밤하늘을 바라보며 별을 세려고 할 때 있는지도 몰랐던 새로운 별이 자꾸 시야에 나타나 셈을 헷갈리게 하는 것처럼, 이렇게 내면을 깊숙이 들여다보려 할 때에도 헤아릴 수 없는 개개의 불빛이 별이 가득한 우리의 또 다른 하늘을 비추고 있음을, 우리는 지성을 향유하는 능력을 통해서만 빛을 발하며 주위를 돌고 있는 제2의 세계, 신비로운 음악으로 가득 채워진 그 세계를 가질 수 있음을 인식했다. 나는 이때만큼 책을 가깝게 느낀 적이 없었다. 심지어 손에 책 한 권 들고 있지 않고 오로지 활짝 열린 영혼으로 감사의 마음을 담아 책에 대해 생각만 했을 뿐인데. 문맹자를, 그 지성이 거세된 가엾은 자를, 우리와 같은 모습으로 창조되었으나 이 단 하나의 결함 때문에 더 높은 차원의 세계로 애정과 창조력을 쏟아부어 달음질쳐 나아갈 수 없는 이를 만난 사소한 체험을 하면서, 나는 모든 식자에게 매일같이 그 안의 우주를 펼쳐 보이는 책의 완전무결한 마법을 느꼈다.

그것이 개별적인 한 권의 책이든 아니면 책의 존재 자체든 한 번이라도 쓰인 것, 인쇄된 것, 정신을 전달하는 언어의 가치와 그 측정할 수 없는 넓이를 접해 본 사람이라면 오늘날 많은 사람들을, 그리고 현명한 사람들까지도 사로잡은 소심한 걱정에 대해 딱한 웃음을 지을 것이다. 사람들은 책의 시대가 가고 이제는 기술 중심의 시대가 되었다고 탄식한다. 축음기, 영사기, 라디오가 보다 세련되고 편리한 말과 생각의 전달 수단이 되어 책을 위협하기 시작했다고, 그리고 책의 문화사적 임무는 이제 곧 과거 속으로 사라질 것이라고. 그러나 이것은 얼마나 단순하고 편협한 시각인지! 기술이 책의 천여 년의 업적을 능가하는, 아니 그것에 근접이라도 하는 놀라운 성취를 이룬 적이 과연 있었던가? 화학도 책만큼 확산성이 있으며 세계를 떨게 만드는 폭발물을 발견하지는 못했고, 인쇄된 작은 종이 묶음의 항구성을 이기는 그 어떤 강철판이나 철시멘트도 만들어 내지 못했다. 전기로 켜지는 불빛도 아직 얇은 책 한 권으로부터 퍼져 나와 깨달음을 주는 빛만큼 우리를 비추어 주지는 못했고, 인위적으로 발생시킨 전류가 하는 어떠한 일도 인쇄된 언어가 우리의 영혼을 어루만져 채우는 것에는 비할 것이 못 된다. 시대를 초월해 불멸하고 불변하는 것인 동시에 가장 보잘것없고 변하기 쉬운 틀에 담긴 고도로 압축된 힘인 책은 기술을 두려워할 필요가 전혀 없다. 기술 또한 책으로부터 배워 스스로를 발전시키지 않으면 안 되기 때문이다. 지금 우리 삶에서뿐 아니라 그 어디에서나 책은 모든 지식과 학문의 시작을 이루는 알파와 오메가다. 그리고 책과 친밀히 지낼수록 그 사람은 삶의 총체성을 깊이 있게 체험하게 될 것이다. 책을 사랑하는 자는 스스로의 눈만이 아니라 셀 수 없는 이들의 영혼의 눈으로, 그들의 놀라운 도움으로 세계를 바라보고 헤쳐 나아갈 것이기 때문이다.

동화로의 회귀

날씨가 변덕스러웠던 올해 여름(1912년), 친구의 시골 집에 초대받아 갔을 때 생긴 일이다. 허울만 좋은 햇볕 쨍한 하늘에 매료되어 곡식이 익어 가는 들판 쪽으로 멀리 산책을 나갔는데, 갑자기 뒤쪽에서 구름의 검은 그림자가 덮쳐 왔다. 밝은 금빛 곡식 사이에 있다가 단번에 어둠에 뒤덮인 내 머리 위로 미처 도망칠 틈도 없이 비가 대차게 쏟아져 내렸다. 가까운 언덕 위에 집이 한 채 있어, 나는 그리로 달려가 뇌우가 지나갈 때까지 몸을 피할 곳을 부탁했다. 일하느라 눈길 한번 줄 새 없이 바쁜 집주인 여자가 어떤 방을 가리키며 그곳에서 기다려도 좋다고 허락하고는 다시 일에 열중했다. 덕분에 나는 빈 복도에 멀뚱히 서 있지 않아도 되었다. 그 방은 다른 때라면 채광이 좋을 것 같았지만 지금은 비로 인해 어두컴컴했다. 나는 그 고요한 방에서 홀로 물건과 가구를 살펴보며 방의 주인이 누구일지 짐작해 보는 데 몰두했다. 분명 아이들 방일 거야. 나는 금세 알아차렸는데, 그 이유는 소파 위에 놓인 망가진 피에로 인형이 커다란 유리 눈을 부릅뜨고 나를 바라봤기 때문이다. 파랗고 알록달록한 지도들이 벽에 붙어 있고, 탁자에는 하도 읽어 닳은 알파벳 책 옆에 페이지마다 낙서로 가득한 동화책이 펼쳐져 있었다. 나는 이미 숙명적으로 내 안에 자리 잡은 책에 대한 호기심, 인쇄된 것을 향해 무작정 손을 뻗는 호기심으로 그 책을 들여다보았다. 그것은 오래되어 닳은 낡고 작은 동화책이었는데, 깜찍한 삽화들에 아이들이 화려한 색을 덧칠해 놓았다. 그러나 그것이 매력적으로 보여 나는 그 책을 집어 들었다. 제목이 『걸리버 여행기』였는데, 나는 어릴 때 분명 그 책을 읽었지만 그 이후로는 전혀 들춰 보지 않았다. 먼저 거인 걸리버가 쩍 벌리고 선 두 다리 사이를 소인국 군대가 대포와 휘날리는 깃발을 앞세우고 행진하는 삽화를 보고, 다음으로 생쥐만 하게 조그마해져 대인국의 어마어마한 거인들 사이에 앉아 있는 그를 추수하는 거인이 발견하고 놀라는 또 다른 삽화를 봤을 때 내 안에서 갑작스레 과거의 무언가가 깨어났는데, 옛 기억이거나 아니면 적어도 그 옛 기억을 향한 호기심이었을 것이다. 그 정체를 밝히기 위해 나는 첫 페이지를 넘기고 낯선 방에서 낯선 책을 읽어 나가기 시작했다.

나는 문이 열리고 집주인이 깔깔거리는 아이들을 데리고 들어올 때까지 책을 읽었다. 내가 벌떡 일어선 것은 그런 단순하고 유치한 책을 읽는 현장을 어른에게 급습당한 것이 부끄러워서는 아니었다. 그보다 더 나를 놀라게 한 것은 이미 한참 전부터 창가에 해가 빛나고 있었는데, 사나웠던 날씨가 지나간 줄도 모르고 『걸리버 여행기』를 통독했다는 사실이었다. 나는 낯선 손님을 친절히 대해 준 것에 감사를 표하고 나서, 그렇게 단순한 흥분에 어린애처럼 마음을 뺏긴 것을 자책하며 다시 들판으로 나섰다. 그러나 금세 생각이 바뀌었다. 어떤 일을 누가 억지로 시켜서 했다 해도 그것이 강력하고 활기찬 힘을 가진 일이라면 반드시 유익한 효과를 불러온다는 사실이 머릿속에서 분명해졌다. 내가 그렇게 매료된 것이 단지 우연이었는지 아니면 어떤 비밀스러운 힘 때문이었는지 확인해 보고 싶었다. 다음 날 이웃한 소도시로 가서 『로빈슨 크루소』를 사 왔다(이 책이라면 세상 이 끝부터 저 끝까지 모든 도시에서 구할 수 있을 테니까). 그리고 다시 한번 그 낯선 운명에 사로잡혔다. 그와 함께 폭풍우 속을 항해하고, 섬에 불시착하고, 모래 위 발자국을 발견하고는 겁에 질리고, 흑인 친구 프라이데이를 만나고, 그리고 결국 (한 시간 동안 그와 함께 20년의 세월을 살아 낸 다음) 흰 돛을 단 배가 나타나 무사히 우리의 세계로 귀환했다. 이 과정에서도 역시 그때와 같은 유익한 즐거움을 느꼈다. 그것은 어떤 고통스러운 강제도 없이 자유로운 영혼으로 오로지 감각에만 몰두하게 하는 시적인 속박이었다. 하나도 수고스럽지 않은 이 방랑길에 비하면 우리 시대의 다른 책들은 얼마나 무겁고 짐스럽게 느껴지는지. 마치 과거의 나였던 그 아이가 내면은 전혀 성장하지 않은 채 외면만 지나치게 자라고 변화해 낯선 존재가 되어 버린 것처럼 나는 유년 시절의 나에게 그렇게나 기쁨이었던 책들을 부주의하게 치워 버렸던 것이다. 나는 그 여름날 이후 천천히, 그러나 의식적으로 한 걸음 한 걸음 내 처음을 함께했던 책들을 향해, 그 환상의 세계를 향해 발을 옮겼다. 아이였던 나는 더 빠르고 뜨겁게, 초원을 가로질러 질주하는 인디언처럼 책을 통해 사냥에 나섰었다. 나는 모두 그 제목은 알아도 더는 읽지 않는 더욱더 순박하고 전설적인 것을 향해, 종내에는 가장 넓고 멀고 아름다운 것, 직접 읽지 않고 설명을 듣는 것만으로도 충분히 온몸으로 받아들일 수 있는 것인 동화를 향해 갔다. 그리고 이 재발견 과정에서 이토록 소박한 것에 얼마나 강력한 시적인 힘이 작용하는지 처음으로 인식하게 되었고, 놀랍게도 그 순진성에 깃든 아름다움과 그것만이 가진 기품의 힘을 느꼈다.

　나도 이제야 제대로 알았지만, 동화란 원래 삶에서 두 번 읽을 수 있는 것이다. 먼저 어린 시절에는 활기찬 사건으로 가득한 형형색색의 세계가 진실일 것이라는 단순하고도 순진한 믿음으로, 그리고 그로부터 한참 후에는 그것이 허구임을 정확히 알면서도 기꺼이 속임을 당하겠다는 마음으로. 이 순진한 믿음에서 의식적인 마음으로 옮겨 가는 이중의 향유 사이의 시기에는 아름다운 착각에 자신을 내어 주기에는 너무 거만하고, 흥분되는 환상보다는 차라리 아무런 가치가 없어도 사실만을 취하겠다는, 졸렬한 것일지라도 진실을 원한다는 미숙한 애어른의 오만한 자부심과 천방지축 시절의 자만심이 자리 잡고 있다. 누구나 동화책은 혈기 왕성한 시기에 성경 책을 대하듯 다시는 집어 들지 않겠다며 놀이방 구석으로 던져 놓았을 것이다. 우리는 신에 대해 의심을 품기 시작하면서 성경을 치워 버렸고, 그때부터 그것을 성스러운 책으로 여기지 않음으로써 그 책은 결국 아무것도 아닌 것이 되었다. 우리는 그 후로 수천 권의 다른 책을 읽는 동안 아마 다시는 그 책을 들춰 보지 않았을 것이고, 그 책이 종교적 의미를 떠나서도 아름다운 책이라는 사실을, 신앙 세계를 넘어 온 세상의 예술 작품 중 가장 고귀하고 성스러운 작품이라는 사실을 점차 잊어 갔을 것이다. 톨스토이가 문학사상 제일 훌륭한 작품을 꼽아 달라는 질문을 받았을 때 요셉과 그 형제들이 쓴 책을 들었는데, 어린 시절 이후 성경에서 멀어진 많은 사람들이 에스더기와 욥기, 룻기를 새로운 놀라움으로, 때로는 전설로, 때로는 동화로, 그러나 본인이 원한다면 무엇보다 삶의 가장 아름답고 깊은 의미를 담은 어떤 것으로 다시 읽게 될 것이다. 이렇듯 어린 시절 읽던 책으로 돌아가는 과정에서의 행복과 발견이란, 불신했던 것과 본인의 의지에 반하여 점차 믿게 된 것이 서로 섞이며 독서의 즐거움을 새로이, 더욱 절실히 깨닫게 되는 것이라 하겠다. 이제는 나도 그 모든 어둡고 부담스러운 동시대 작품을 읽는 사이사이에 동화를 즐겨 읽으며 모든 독서의 근거인 휴식에의 욕구를 반드시 채우려 하고 있다. 자기 자신으로부터 휴식하고자 하는 욕구를. 우리가 책을 읽음으로써 시도하는 것이 스스로에게서 떠나려는 것과 다름 아닌 까닭이다. 책을 읽는 동기가 배움에 대한 욕구가 아니게 된 지는 이미 오래다. 학교가 그렇게 되도록 망쳐 놓았다. 독서의 동기는 늘 자기 세계의 경계를 넘으려는, 낯선 것 안에서 길을 잃으려는, 그러면서도 동시에 책 속의 비유에서 자신을 되찾으려는 충동일 뿐이다. 그러나 우리는 이 낯설고 멀고 예외적인 동화 속에서 스스로를 꼬드겨 도망쳤으며, 어디에도 자신을 비추어 보지 않았다. 더 이상 동화가 삶을 상기시키지 않고, 오히려 삶이 동화를 우리에게서 멀어지게 한다. 동화는 우리 감정을 진지하게 움켜쥐지 않고 그저 쓰다듬는다, 그것도 아주 가벼이. 내면의 시선에 집중하면서 마음을 자유롭게 하고, 부담 지우지 않으면서 매혹하는 동화는 연기를 내지 않는 불꽃이다. 일상적이고 지극히 통상적인 삶의 놀라운 힘이 동화에는 들어 있다. 꽉 짜인 시간의 법칙은 동화에서 일어나는 일에는 아무런 힘을 행사할 수 없고, 끝없는 우연 속에서 일반적인 규칙은 다 사라진다. 이 의미심장함 속의 무의미함이 바로 동화의 마법이다. 동화에는 무언가 꽃과 같은 쓸모없음이, 시의 요소 중에서도 최상인 것, 가장 보드랍고 보송보송한 것, 지상의 때 묻은 손으로는 감히 만질 수 없는 고귀한 것이 있다.

　우리가 각자의 삶에서 그러했듯, 참으로 이상하게도 독일어권 세계는 동화의 이 귀중한 자산을 아주 늦게야 자각하기 시작했다. 동화를 문자 형태로 기록해 붙잡아 두지 않고 가볍게 입에서 입으로 전하던 때에, 혹은 이미 그 전부터 사람들은 그림을, 책을, 동전을, 깃털을, 담뱃갑을, 그리고 필사본을 수집해 왔다. 문학사적으로 독일 문학이 태동했던 시기와 동화를 모든 예술 중 가장 엄선된 유산으로 여기는 강력한 인식이 생겨난 현재 사이에는 허영심 강하고 자의식으로 가득했던 일종의 천방지축 시절이 있었다. 이 시기는 민중문학을 그저 풍만한 허리둘레와 붉고 혈색 좋은 뺨을 가진 촌부처럼 여겨 그 중요성을 얕보던 때였는데, 그때에는 동화를 그저 늙은이의 넋두리 같은 것으로 취급했다. 그러나 학자들이 나서서 우리에게 동화를 다시 돌려주었다. 그림 형제는 최초로 동화를 수집했고, 이제 나머지 동화를 모은 훌륭한 유산이 그 뒤를 따른다. 다시 한번 한 권으로 묶여 나온 『그림 형제 이후의 독일 동화』는 용감한 발행인 오이겐 디데리히스(나는 그를 치켜세울 기회를 절대 놓치고 싶지 않다)가 옛 동화를 한데 모으려 시도한 끝에 얻은 굉장한 업적이다.

이 책은 놀랍도록 가벼운데, 그토록 다양한 내용을 담고 있는 것에 비해 거의 아무 무게도 없다고 할 수 있다. 나는 어른이 되어 저녁이면 동화책을 손에 들고, 이제는 아이처럼 집요정이 진짜로 침대 밑에 숨어 바스락거리지는 않을까, 어둠 속에서 거인이나 식인종이 나타나 꿈속으로 걸어 들어오지는 않을까 겁낼 필요 없이 읽을 수 있다는 것이 얼마나 즐거운 일인지 결코 알지 못했다. 요즘 나는 매일같이 동화를 읽는다. 즐거운 시간을 되도록 늘려야 하므로 한번에 그리 많이 읽지 않고, 또 두려움이라든지 오싹하고 소름 돋는 느낌이 없어 옛날처럼 열을 올려 읽지도 않지만, 나는 동화의 경쾌함과 황홀한 여정에 늘 새롭게 매혹된다. 우리가 문학작품이라 부르는 것과 비교하면 동화는 끝도 없이 쉬워 보이지만 실은 비밀로 가득하고, 무질서한 것 같지만 실은 무의식중에 거대한 법칙을 따른다. 연구자나 학계는 동화의 비밀을 푸는 데, 동화와 민속학과의 관계 혹은 사라진 종교나 신화적이고 에로틱한 상징과의 관련성을 해석하는 데 있어 이제 겨우 시작 단계에 서 있다. 우리는 종종 잊어버리지만, 동화는 우리의 시간에서 아주 멀리로부터, 모든 것이 은밀하고 신앙적 놀라움 정도가 사람이 느끼는 가장 활기찬 감정이었던 아득한 옛날로부터 온 것이기 때문이다. 즉흥적으로 만들어진 것같이 보이는 이 소소한 이야기들은 수 세기 전부터 수많은 세대를 거쳐 시간 속을 거닐어 왔고, 그 하나하나가 가장 오래된 숲의 가장 오래된 나무보다도 나이가 많다. 연구자는 아마 동화를 백발 노파의 쪼글쪼글한 입에서 꺾어 냈을 것이나, 그 이야기들은 오딘과 토르가 독일 숲을 휘젓고 다니던 시절부터 있었다. 이야기는 시간을 관통하여 눈에 보이지 않는 끝없이 이어진 단어의 사슬이 되고, 들려주는 이로부터 귀 기울여 듣는 이에게로 거듭 전달되고, 누군가는 사슬 한 칸을 보태기도 하고 또 다른 누군가는 고리 하나를 빼기도 하면서, 그러나 본질적으로는 흙과 토지처럼, 한 민족 전체의 정신적 자산처럼, 십자가의 상징처럼, 소소한 미신처럼, 언어 자체와 독일어 낱말 하나하나처럼 전승되어 온 것이다. 그것은 눈에 보이지 않게 지상의 모든 거리를 걷고 모든 벽을 두드렸으며, 태고의 것이면서도 지금 막 피어난 듯 어리다. 동화가 꾸며 내는 그 어떤 기적도 영원을 향해 확장하는 동화 자체의 실존보다 더 놀라울 수는 없을 것이다. 왜냐하면 독일의 한 마을에서 어떤 어머니가 귀 기울여 듣는 아이에게 들려주는 그 동화를 남미의 어느 나라에서는 차려입은 늙은이가 귀환하는 병사들 앞에서 중얼거릴 수도 있고, 눈 먼 아랍인 구연자가 성채 앞 광장에서 읊을 수도 있으며, 그것이 인도와 중국에선 이미 친숙한 이야기일 수도 있기 때문이다. 이 모든 사람이 믿는 신이 각기 다르고, 말하는 언어가 한곳에서 다른 곳으로 제일 긴 뿌리를 뻗는다 해도 서로 닿지 않을 정도로 다르고, 그들이 사는 곳의 하늘과 발 딛은 땅도 다르고, 육체의 형태와 피부색도 다르게 빚어졌지만 그들이 들려주는 이 동화만은 모든 곳에서 같기 때문이다. 전설에 등장하는 하늘을 나는 말과 공중을 가르는 화살도 이런 동화를 따라잡기는 어려울 것이다. 민중의 환상이 자리 잡은 곳이라면 어디에서나 동화의 흔적을 느낄 수 있다. 그리고 그 안에는 다시 비밀이 있어서, 지금까지도 3이나 7 같은 특정한 숫자가 반복해서 나타나는 이유를 제대로 해석할 수 있는 사람이 없다. 이런 점에서 우리는 복잡한 관계가 얽혀 있는 동시대 정신세계의 산물에서보다 이 단순하고 소소한 동화에서 인류의 어렴풋한 마지막 신화를 더 강하게 느낄 수 있다.

그렇기 때문에 우리는 그것을 오로지 즐길 뿐, 설명하려는 시도는 피해야 한다. 우리는 결코 동화의 지은이를 밝혀낼 수 없을 것이다. 왜냐하면 이 사소하고 순진한 의미 놀이의 기원은 신앙 시대까지 거슬러 올라가 닿는데, 그때에는 모두가 시인이거나 아무도 시인이 아니었기 때문이다. 동화는 어쩌면 가난한 아이를 위로하거나 혹은 떼쓰는 아이를 겁주기 위해서, 긴 방랑길을 짧게 느껴지도록 하거나 혹은 어느 길고 긴 겨울밤을 견뎌 내기 위해서 만들어진 이야기일 뿐, 기회가 닿을 때마다 교훈을 주거나 세상을 향해 고귀한 목표를 던지지는 않는다. 냉철하고 확실한 목적을 가진 의미가 아니라 불안하게 방황하는 게으른 꿈을 지어낸 것이다. 이 단순하고 지혜롭고 사랑스러운 동화가 용감하고 강하고 활기찬 것에서 나오지 않고 오히려 삶의 부덕한 속성에 착안해 지어졌다는 것은 퍽 의아하게 들린다. 좋은 것은 현실 세상에 이미 가득하다. 반면 몽상가, 유약한 사람, 교활한 사람, 사기꾼, 허풍쟁이 같은 이들은 늘 자유롭지 못하게, 그러나 동시에 누구보다 창조적인 정신으로 삶의 중심에 서 있다. 동화가 무용하고 무사태평하고 몽상에 빠져 허송세월하는 이들을 위한 위로로 가득하다는 것이 내가 그렇게 믿는 근거다. 현실의 삶에서는 강한 사람이 모든 것을 차지하고, 영리한 사람이 많은 것을 얻고, 재빠른 사람이 누구보다 앞서간다. 그러니 뒤처져 남겨진 사람들이 게으름과 연약함에서 이 또 다른 세계를 고안해, 성급한 이들이 뒤처지며 뒤에 있던 이들이 앞으로 나오고, 어리숙한 자가 약아빠진 악마를 속여 넘기고 부자가 되는 이야기를 만들어 내는 것은 자연스럽지 않은가? 교훈적인 척하긴 하지만 삶으로부터 분리된 사람들을 위한, 그래서 더더욱 아이들을 위한 것인 꿈과 위로가 이 동화의 저변에 깔려 있다. 침대에서 뒹굴거리는 게으름뱅이를 겁주기 위해 못된 패거리가 그릇에 시커멓고 차가운 도마뱀을 넣어 이불 밑에 숨겨 놓는다. 어쩌다 그걸 만지자 도마뱀에게 걸린 저주가 풀려 그릇에 금화가 가득 차고 게으름뱅이는 잠을 자다 부자가 된다. 어떤 어리석은 자가 개암나무 가지를 얻기 위해 농장과 집을 팔아 버렸다. 그러나 반전인 것이, 이 가지는 모든 문을 열어젖히는 능력이 있어 왕도 그의 보물 창고를 지킬 수 없었다. 겁쟁이 군인이 살육의 전쟁터에서 달아나 쥐구멍으로 기어 들어갔는데, 웬걸, 그 구멍이 점점 넓어지며 땅속으로 깊이 파고들더니 마침내 닿은 곳에 금과 보석이 가득 찬 방이 숨겨져 있었다. 마지막 방에서는 아리따운 공주가 그를 기다리고 있었는데, 둘은 결혼식을 올리고 오래오래 행복하게 살았다.

어여쁜 공주와 젊디젊은 왕자는 늘 금발에 금빛 왕관을 쓴 채 가난한 양치기나 소박한 농가의 처녀와 결혼하기 위해 모든 동화의 출구에서 기다린다. 동화는 거의 항상 사랑이 이루어지거나 결혼식 성찬을 벌이는 것으로 끝이 난다. 동화가 한밤중의 달아난 꿈이나 한낮의 헛된 소망과 다를 게 무엇인가. 그 꿈과 소망이란 우리의 내면세계를 조명해 온 회색 수염의 마술사 프로이트가 말하던 것과 다르지 않다. 동화는 인생 경험이 없는 이들의 모험을 향한 갈망이며, 실망한 이들을 위한 위로이며, 가난한 이들의 아편이며, 바로 그런 이유로 갈망으로 무섭게 타오르고 자신을 외톨이라 여기는 아이들의 기쁨이다. 그들에게 동화의 세계는 실재하는 것이지만, 우리는 그 세계의 실체 없는 변신에 매혹된다. 그 까닭은 우리가 동화 안에 있는 것 중 오직 삶의 모든 영역을 가득 차오르게 하는 움직임 그리고 모든 형태—자연과 인간, 동물과 영혼—가 각자의 특성을 서로에게 선사하는 최후의 교환만이 진짜이고 변치 않는 것이라는 사실을 인식하고 있기 때문일 것이다. 동화 안에서는 그 어떤 존재도, 상황도, 성별도 현실에서처럼 시시하게 자신의 특성에만 갇힌 채 억눌려 있지 않다. 늘 한 존재가 다른 존재에게서 무언가를 빌려 온다. 동물이 인간의 목소리를 빌려 오기도 하고 새처럼 날기도 한다. 토끼가 쥐가 되고 쥐는 또다시 참새가 된다. 형태라는 것이 최종적인 소유가 아니라 빌린 것, 다시 돌려주는 것, 자유롭게 교환 가능한 것인 셈이다. 하늘에서 비스킷이 눈처럼 내리고, 맷돌이 금화를 뱉어 내고, 물레가 수다를 떨고, 팬케이크가 웃어 젖히며 아이들의 바구니 속으로 기쁘게 뛰어든다. 동화에서는 누구나 다른 것의 성질을 제 것으로 빌려 올 수 있고 서로가 서로의 것을 공유한다. 그리고 우리가 의미를 기반으로 상상 속에서 수고스럽게 개별로 나누어 놓은 세계는 그곳에서 변화의 소용돌이 속으로 비틀대며 한데 미끄러져 들어간다. 노발리스가 『푸른 꽃』에서 동화적 감성과 그 자신의 공상 능력을 함께 묶어 놓은 것과 같이 '세계는 꿈이 되고, 꿈은 세계가 된다'. 그 어느 것도 다른 것보다 더 진짜인 것은 없고, 그 안의 세계를 비롯한 모든 것, 심지어 하루살이와도 같은 거짓까지도 우리가 그것을 믿는 한 수백 년의 나이를 먹으며 살아 있다. 얼마 못 갈 것 같아도 실제로는 영원토록 살아 있는, 이것이 바로 동화의 비밀스러운 모호함이다. 한순간 동화는 의기소침해져서 나를 놓아 주며 다시 내가 살던 세계로 돌아가라 한다. 그러나 동화는 내일이면 또 다른 이를 사로잡을 것이고, 그것은 어쩌면 영원히 반복될 것이다.

하지만 정말로 이 별것 아닌 동화가 영원할 수 있을까? 영원한 것, 입안에서 가볍게 맴도는 이 단어는 써 놓고 보면 글자 네 개로 이루어진 한 단어일 뿐인데 어딘지 모르게 위압적으로 보인다. 나비처럼 가벼운 꿈으로 짠 어여쁜 직물에 이 단어는 너무 무거운 짐을 얹는다. 동화 자체는 거짓을 말하고픈 욕구처럼, 꿈의 마력처럼, 다가올 가까운 앞날에 대한 호기심처럼 불멸하는 것일지 모르나, 도시에 사는 우리에게는 그 안의 어떤 것이 조용히 시들어 쇠하는 것처럼 보인다. 동화 자체가 아니라, 그 안의 세계가 그렇다는 말이다. 동화란 숲에서 자라난 것이고 자연에서 갈라져 나온 것인데, 오늘날 얼마나 많은 것이 그로부터 멀어졌는지. 많은 아이들이 어두운 숲을 한번도 혼자 걸어 본 일이 없을 것이고, 도깨비불의 가짜 눈을 목격하거나 유령이 출몰할 듯한 산 중턱에 걸린 안개를 덜덜 떨며 바라본 경험도 없을 것이다. 늑대며 곰, 못된 악당과 마주치는 일 같은 무시무시한 일도 얼핏 빛이 바래, 우리는 이제 그들을 빗장 지른 창살 뒤에 묶여 있는 짐승으로, 물레와 실패 또는 석궁과 괴나리봇짐에 얽힌 이야기로 알고 있을 뿐이다. 동화는 우리에게 개념일 뿐 더 이상 현재적이지 않고, 왕자도 이제 왕관을 쓰고 있지 않다. 우리가 사는 세계에서 점점 더 멀어져만 가는 동화의 공포는 미적지근한 것이 되었고, 동화의 기적 — 하늘을 나는 것이나 바다 위의 목소리 같은—도 기술의 발전으로 이제 일상으로 끌려 들어왔다. 기적을 산산이 파괴하는 이 시대에는 이미 현실적 영역으로 격하되어 버린 꿈이 너무 많다. 그런 시대에는 동화를 기억에서 새로이 되살려 내야만 한다. 우리와 옛 동화 사이에 시끄러운 도시가 끼어들고, 오래된 숲을 소란스레 관통하는 철도가 요정과 동물의 목소리를, 그들의 다정한 대화를 덮어 버렸기 때문이다. 자연 그 자체와 마찬가지인 동화가 때때로 약간은 꾸며 낸 이야기 같은 느낌을 불러일으킬 때가 있다는 것은 참 이상한 일이다. 대도시 한가운데 문을 굳게 닫아건 방 안에서 읽을 때, 동화는 아주 단순한 의미를 담고 있기에 낯설고 특이하게 느껴진다. 숲속으로, 산 위로 던지는 시선이 먼저 자연을, 그리고 동화를 다시 완전히 순수하고 진실한 것으로 돌려놓는다. 자연이 있는 곳에서는 늘 놀라운 일이 일어나고, 동화 자체의 신비로움이 무모한 공상도 무용한 것만은 아니라는 증거가 되어 주는 까닭이다.

릴케의 시

라이너 마리아 릴케의 독특하면서 완전히 유기적인 발전 과정을 그의 시에서 성실하게 따라가 보고자 한다면, 에세이 한 편으로는 부족하고 아마 책 한 권은 써야 할 것이다. 이미 릴케의 초기 시들에 경탄하며 성장한 오늘날의 젊은 세대는 점점 더 까다로워지는 요구에도 불구하고 늘 새롭게 변화하는 그의 작품에 만족해 변치 않는 신뢰로 그를 존경하는 옛 마음을 고수한다. 희곡에서 게르하르트 하웁트만*이 그런 것처럼 우리 시 세계에서 한 단계 우위를 점하고 있음을 모두가 인정하는 리하르트 데멜**을 제외한다면, 최근 독일 시인 중에 릴케만큼 견실하고 놀랍고 충

---

* 독일의 극작가·소설가. 자연주의 문학을 완성했다는 평가를 받는다.
** 독일의 서정시인. 기교가 뛰어나고 과장된 언어로 신비주의적이고 형이상학적인 경향의 시를 썼다.

만한 발전을 보이는 시인은 없다. 이런 발전의 비밀은 특별히 뛰어난 문학적 재능 이외에 내적 발전을 극한까지 밀어붙이는 엄청난 성실함과 꾸준함에 있으며, 이는 모든 성취가 그 끝을 보도록 마지막까지 요구한 결과다.

무엇보다 놀라운 것은 이 풍부한 업적의 처음은 아주 연약했다는 점이다. 이제 서점에서 팔지 않는 것은 물론이고 오로지 그의 가장 신실한 추종자들만이 소장하고 있는, 열일고여덟 살짜리 소년이 쓴 얇고 조그만 시집에서 그는 이제 그렇게까지 드문 것은 아닌(특히나 그 시집 이후로 더더욱) 시들을 선보였다. 처음 불어오는 바람 앞의 꽃무리처럼 선율 안에서 잔잔히 일렁이는 짤막한 시구절, 부드러운 음악에 가벼이 실려 오는 온화하고 다채로운 정취, 알록달록한 나비의 비행, 이 모든 것처럼 섬세하고 쉬이 사라지는 것들이 그 안에 있었다. 이후 "일상에서 굶주리는 가엾은 단어들을 위해", 그리고 독특하고 마구 엉켜 있고 자주 되풀이되는, 그가 엄청난 예술적 기교로 장악하고 있는 운율을 위해 단어 하나하나를 더욱 면밀히 고르는 시기가 왔다. 그는 늘 시작詩作의 경계를 이웃 영역으로 넓혀 나갔다. 운율을 통해 음조와 멜로디를 획득함으로써 시는 천천히 음악의 영역으로 흘러넘쳐 들어갔다. 『나의 축제를 위하여』의 많은 시편에서 의미는 운율과 노래에 자리를 내어주기 위해 단어로부터 빠져나와 날아가 버렸다. 시는 노래와 같이 귀에 들리기를 원할 뿐 그 의미로 탐구되기를 원치 않은 것이다. 릴케는 극한에 이르기까지, 거의 불가능에 가까운 곳까지 시가 음악적으로 변모해 가는 길을 닦았지만, 이 대단한 성취 후에 다시 언어로 회귀한다. 그러나 이번에는 겉모습의 조형이 아니라 내적인 색채가 주제였다. 이렇게 『형상시집』에서 '비유를 통한 성숙'을 그려 내는 탁월한 회화적 역량으로 형상을 통해 벌거벗은 단어에 옷을 입히고 헐벗은 개념에 어느 정도 색을 입힌다. 형상은 음악으로 이미 날개를 단 시구를 나비나 극락조처럼 다채롭게 만들고, 이미 노래하며 비행하는 것을 현실의 모든 색으로 장식해 이 독특한 신낭만파의 예술을 완성시켰다. 그렇게 한 단계에서 다음 단계로 넘어가는 모든 발전 과정에서 이득을 취함으로써, 그 성장의 가치가 점점 더 중대해지고 의미심장해졌다. 음악이 그의 시에 어찌나 완벽히 스며들었는지, 조형적 힘이 어찌나 강한지 시적 회화나 음악이라기보다 오히려 조소彫塑에 더 가까운 이 마지막 시집의 몇몇 시에서 그는 그때까지 자신의 개성과도 같았던, 자신의 작품을 굴러가게 하는 동력과도 같았던 운율의 제거를 감행하기도 한다.

새로운 시집*은 상상 이상으로 풍성한데, 온갖 개념을 초월하며 매우 다채롭고, 모든 시의 주제를 하나하나 짚는 것이 무의미할 정도로 놀랍다. 릴케가 이전 시에 대해 어디까지 새로운 선을 긋느냐, 그리고 이 선이 시적 체험의 영역을 어디까지 확장하느냐는 총체적인 시각에서 보아야만 한다. 처음에 그렇게나 연약했던 릴케의 목소리는 이 책에서 강인해졌다. 성경의 엄격한 목소리도 이 음유시인의 것에 비하면 별로 가혹하지 않게 들릴 정도다. 플루트와 바이올린의 선율에 힘찬 팡파르가 더해지고, 부드러운 수채화의 색조에 조각가의 강한 끌질이 더해진다. 이전에 릴케에게 시란 범람하는 거대한 감정에서 포착한 것, 위대한 하모니 가운데서 엿들은 것, 흘러넘치는 것으로부터 쉬이 획득한 것이자 단지 우연히 삶을 향해 아래로 몸을 수그린 어떤 것이었다. 그리하여 그는 그 안에서 우리를 에워싼 현실로부터 개별적이고 사소한 순간을 가려내어 온 하늘이 담긴 물방울 하나와도 같은 단독의 존재를, 온전한 생명력으로 단 1초 만에 주변 세계를 풍부하게 만드는 사물 하나를, 일상의 편린을 거창한 것 안에 각자의 자리를 찾아 끼워 넣는다. 이미 죽은 것에도 무섭고 소름 돋는 움직임이

---

* 『신시집』, 라이프치히, 인젤 출판사. 『신시집 별권』도 역시 같은 출판사에서 출판되었다. (원저자주)

더해진다. 형상이 가진 비밀스러운 작동 원리로 시동을 걸어, 시는 밤에 그림자가 움직이듯 제 스스로 움직이기 시작한다. 시는 그 시를 바라보는 사람으로부터 생기를 마시고 유기체가 되어 활기를 띠며, 스스로의 의지와 운명을 갖게된다. 죽은 것이 깨어나고 만질 수 없었던 것이 갑자기 손에 닿는다. 뵈르네** 에 옛 광장이 있다. 광장은 무생물인 건물이 모여 있는 장소에 불과하다. 그러나 릴케는 이렇게 썼다.

> 광장은 그 품 안으로
> 먼 곳의 창문들을 끊임없이 초대한다.
> 빈 곳의 수행원과 동행이 줄지어 선 가게 사이로
> 흩어져 나란히 늘어서는 동안에. 박공지붕을 올린
> 작은 집들은 모든 것을 보고 싶어한다.
> 그들 뒤에 늘 한정 없이 서 있는 탑들이
> 서로의 앞에서 수줍게 말을 아끼는 것을.

각각의 사물이 지쳐 나가떨어지고, 그 마지막 한 가닥까지 비유를 통해 샅샅이 해석된다. 릴케는 마치 호프만슈탈*** 작품의 주인공처럼 "사물을 단순히 그 자체로 감각

** 벨기에 플랑드르 지방의 도시.
*** 오스트리아의 시인·소설가·극작가. 인상주의적이고 상징주의적인 경향을 띤 작품을 발표했다.

하는 법"을 잊은 듯하다. 그는 오직 형상으로써만, 지속적으로 서로를 상기시킴으로써만 사물을 파악한다. 그럼으로써 그를 둘러싼 삶 전체가 거대한 결합이 되고, 영원히 서로의 의미를 조명하고, 상호 간에 협력하게 된다. 시인에게는 무의식적으로 항상 사물을 다른 것과의 관계 안에서 바라보고, 본질적인 것을 꿰뚫어 보는 비밀스러운 능력이 있다. 릴케는 그 능력으로 사람과 사물의 색과 소리와 움직임과 이야기를 낱낱이 드러내고, 마치 나뭇잎을 다루듯 그 하나하나를 자신이 원하는 대로 배열하고 겹겹이 포갠다. 그런 그에게는 세상의 그 무엇도 독자적이거나 아무 의미 없는 것이 될 수 없다. 이 전례 없이 밀도 높은 관찰을 통해 그는 이제 대상의 윤곽을 그리는 것에서 멈추지 않고 대상 안으로 깊이 침투해 들어가 끌로 새긴다. 이제 그의 예술과 더 가까운 것은 회화가 아니라 조각이다. 릴케는 로댕의 비서로 수개월간 일하며 그 곁에서 차가운 돌에도 빛과 그림자가, 색과 움직임이 질서 정연하게 깃들어 있으며 채색 없이도 다채로울 수 있다는, 내면의 리듬만으로 춤을 끌어낼 수 있고 순수한 선만으로 조화로운 멜로디를 만들 수 있다는 최후의 비밀을 배운 바 있다. 릴케가 조각을 어떤 시각으로 바라보는지는 그가 쓴 로댕에 관한 책이 증언

하고 있다.

이 시집에서도 또다시 이러한 노력을 극단까지 시도한다. 이제 조형적으로 이보다 더 깊이 침투할 수는 없을 것 같고, 몇몇 시편에서 릴케는 순수한 시 예술의 영역을 훌쩍 넘어섰는지도 모른다. 그의 의지에는 아무도 그 정상에 오르지 못한 산에 이끌리는 무모한 산악인같이 만족을 모르는 면이 있었다. 그의 세 권 혹은 네 권의 저서에서 릴케는 늘 서로 다른 종류의 궁극에 도달했으며, 그의 귀환은 항상 새롭고 우리가 전에 알지 못했던 것과 함께였다. 꼭 그와 같은 방식으로 이 길도.또다시 새롭고 아마 놀랍기까지 한 곳으로 우리를 이끌 것이 틀림없다. 이 길에서는 지금은 그 자체가 목적인 이 엄청난 조각품도 다시 치열한 조형 작업을 위한 도구가 되고, 새로운 완성을 향해 접근하는 수단이 될 것이다.

프로이트의 『문명 속의 불만』

제아무리 생산적인 영혼이라고 해도 차츰 지쳐 갈 나이인 70세에 지크문트 프로이트는 세상을 바라보는 시각의 변화와 확장으로 친구와 경쟁자를 동시에 놀라게 했다. 그의 정확하고 전문적인 연구에 형이상학적인(아니, 오히려 반형이상학적인) 종교관이라는 예술적 지붕을 올린 것이다(『환상의 미래』, 1927). 새 저서 『문명 속의 불만』은 그의 철학적 세계관을 가장 반가운 방식으로 설명한다. 프로이트의 엄격하고 굽힐 줄 모르는 정신의 광활한 너비와 그 팽팽함을 다시 한번 입증하는 이 책은 완벽하게 생산적인 측면에서 독창적이고, 그의 모든 전작처럼 격렬한 논쟁을 불러 일으킨다. 세상을 향해 질문을 던지는 것, 즉 소크라테스 방식으로 문제를 조명하는 것은 언제나 프로이트만의 특별한 기술이자 열정이었다. 이 새롭고 예상치 못한 작품 역시 반드시 일반 대중의 주목을 받을 것이다.

프로이트는 이런 질문을 던졌다. 어째서 현 인류는 지금의 문명에서 편안함을 느끼지 못하는가? 인류는 무한한 것에 다다랐고, 자신의 사고를 측정할 수 없을 만치 넓게 펼쳤고, 여러 기술의 발견 덕분에 '인공 신'—정말 기가 막힌 표현이 아닌가!—이 되었다. 전화기의 진동판 덕에 귀는 가장 먼 대륙의 소리까지 듣고, 망원경을 통해 눈은 먼 별까지 닿고, 말은 전보에 실려 1초 만에 수만 킬로미터 거리를 가고, 한순간 울리고 곧바로 사라지는 소리는 축음기 위의 레코드판에서 소멸되지 않고 남아 있게 되었다. 우리가 번개를 포착하고 그 요소들을 제어할 수 있게 됨으로써 빛은 번쩍하는 한순간에 우리의 손바닥으로 쏟아져 들어오게 되었다. 세상 모든 것이 우리, 두 발로 걷는 포유류의 노예인 양 종속되었다. 공동체의 이러한 승리에도 불구하고 거기에 속한 우리 개개인은 어째서 제대로 된 승리감과 순수한 행복감을 느끼지 못하는가? 왜 일종의 불안감을, 원시 상태로 회귀하고 싶어하는 은밀한 그리움을 갖는가? 이 질문에 프로이트는 다음과 같이 답한다. 아니, 사실 그는 답하지 않는다. 이토록 밀도 높은 감정의 복합체를 하나의 간단한 '해답'으로 제시하기엔 그의 내면 깊숙이 사는 연구자에게 정확성이라는 가치가 너무나 중요한지라, 그는 점점 더 커지는 힘과 안전함에 대한 대가를 개인적 자유의 상실로 치른다고 믿는 잠재의식이 개개인에게 있다고 봄으로써 이런 불안한 감정의 여러 가지 정체 중 몇 가지를 아주 조심스럽게 스케치할 뿐이다. 이미 잘 알려진 프로이트의 소견에 따르면, 자아의 아주 얇은 표층만이 의식과 문화와 윤리의 영향을 받는다. 본성이 어두운 원래 '나'의 무리는 욕구라든지 원하는 것에 있어서 전적으로 본능에 충실하고, 반면 높은 수준의 자아, 이미 사회화된 자아는 정신적인 고양이나 승화의 과정에 이미 익숙해 여기에 제어가 불가능한 리비도가 있으리라고는 짐작도 못한다(꿈이 이것을 드러낼 뿐이다). 이러한 인간의 기본 욕구는 수백 년이 지나는 동안 인류 전체의 역사와 함께 끊임없이 점점 더 큰 한계에 부딪혀 왔다. 이전에는 양성애뿐 아니라 다성애까지도 포용되었던 성적 지향의 문제도 근친상간이 금지된 것처럼 여러 제한을 받아들여야만 해서, 자신과 다른 성을 가진 단 한 명의 대상과 혼인 관계 안에서 이루어지는 일대일의 성관계만이 허용되고 나머지는 점진적으로 정치적 종교적 테두리 바깥으로 밀려났다. 인류는 공격 충동 같은 다른 기본적인 충동도 소위 도덕이라 불리는 종교적 규제에 의해 빼앗겼다. 그런 식으로 우리의 가장 내부에 있는 본질인 원자아Urich는 자신의 가장 강렬한 열정을 강탈당했으며, 우리 삶에서 안전과 질서를 보장하는 모든 고귀한 성취는 일종의 포기를 대가로 치른 결과라고 느끼는데, 이것은 필연적으로 "충동 억제에 의한 행복 상실"을 초래한다. 그리고 비밀스러운 무질서와 본능에 충실한 자들은 우리가 사는 잘 정돈된 세계에서 더 이상 배출구를 찾지 못한다. 이렇게 모든 문명에서 계속 자라나는 비밀스러운 불만이 있는데, 프로이트는 이 저작에서 바로 이 "비밀스러운" 것을 이해와 납득이 가능한 것으로 변모시키고자 한다(무의식과 반#의식을 명료하고 정확하게 살피는 것이야말로 이 뛰어난 인물의 특기 아니던가). 프로이트는 이 문제를 대대적으로 제시하고 그 문제가 확실히 존재한다는 셀 수 없이 많은 증거도 함께 보여 주는데, 여기서는 그중 하나만 언급해 보겠다. 독서를 하려고 할 때 우리가 선택하는 책은 분명 각자의 본능적 충동에 따른 판타지를 충족시켜 줄 만한 대체물이라고 보면 될 것이다. 오늘날 우리 세계가 연극 무대와 책에서 얻고자 하는 것이 단지 '정상인 상태'에 대한 반항 이상이 아닌 것, 사람들이 자신의 공격 충동과 불만을 전쟁소설이나 셜록 홈스 시리즈에 나타난 무법적인 복수 혹은 범죄 양상을 탐독하는 것으로 처리하는 것, 책과 여러 이론이 정상적인 혼인 관계 안의 성적 지향에서 벗어나는 모든 것을 유독 요란스럽게 찬양하는 것, 이 모든 것이 우리 문명의 도덕적이고 잘 정돈되고 평화롭고 관료적인 상태가 (무의식 아주 깊숙한 곳에서는) 인간 본질의 어떤 원초적인 천성에 반하는 것이라는 신호다. 아이들의 놀이는 더욱더 숨김이 없다. 아직 도덕적 기준을 체화하지 않은 아이들은 전쟁놀이나 때때로 드러나는 잔인함을 통해 정말로 우리 안의 '그것', 즉 '공격 성향'이 도덕적 자아로 변모하기를 고집스레 거부하고 있다는 사실을 드러낸다. 이렇게 원초적 충동과 사회적 도덕적 요구 사이에서 부유하는 동안, 그리고 외부 세계의 규칙과 내면에 드리운 검은 그림자인 윤리의식 앞에서 두려워하는 동안, 프로이트에 따르면 문명인은 그가 가진 에너지의 큰 부분을 순수하고도 주저 없이 행복감을 즐기는 데 쏟아붓는다. 가끔씩 그는 '문명'이 그를 내면의 리비도로부터 얼마나 멀어지게 하는지 느끼기도 하는데, 그럴 때 소위 불안이 그를 엄습한다는 것이다. 일반적인 범위에서는 그저 때때로 찾아오는 불안감인 이것이 어떤 사람들에게는 신경증적인 증상으로 발전해 비극적인 세계관을 갖게 하기도 한다.

　그런 경우엔 어떤 조치를 취해야 할까? 프로이트는 이 질문에 대답하지 않는다. 그는 근본적으로 심리학자인 자신의 과제는 질문을 던지는 것이지 대답하는 것이 아니라고 느끼는 듯하다. 매우 정확하고 모호한 데라고는 없는 그의 정신은 그러나 유독 증명 불가능한 것에 대해, 그리고 항상 유효하지만은 않은 것에 대해서는 굉장히 정직한 소심함을 보인다. 예컨대 그는 에로스에 반발하는 충동으로서의 죽음 충동 같은 몇몇 요소를 더 나열하기는 한다. 그러나 이것 역시 완전하게 증명 가능한 것으로 여기지 않기 때문에 일종의 가설로 제시할 뿐이다. 연구자로서 자기 분야에서 부정하기 어려운 권위를 갖고 있으며 완고하다고 할 만큼이나 고집스러운 이 인물이 철학적 논의로 원래 궤도를 벗어날 때 극도로 신중하게 자신의 의견을 펼치는 것을 보면 얼마나 마음이 찡한지 모른다. 무엇보다 그가 "이것에 대해 아는 것은 별로 없다"고 쓰거나 "여기서는 일반적으로 알려진 사실을 언급하는 것뿐"이라고 염려할 때, 이는 도대체 얼마나 고귀하고 흔치 않은 겸손인지, 실은 자신이 어떤 위로도 할 수 없음을 알고 있다는 최후의 고백은 또 얼마나 진솔한 것인지! 그러나 우리는 자신의 임무는 물론 타인의 삶까지도 늘 값싸고 편리한 것으로 만들려고만 하는 전문적인 위로꾼에게 이미 지쳐 버렸으며, 그런 뻔뻔스러운 진단은 백 번의 감상적인 눙치기와 딱히 다를 바가 없다. 여기 이 책은 현 시대가 직면한 중요한 문제들의 나락으로 심리학의 추를 깊이 늘어뜨린다. 문제란 풀 수 없는 것을 지칭하는 말일 텐데, 막힘없이 해답을 제시할 수 있는 것 가운데 어느 것을 정말로 문제라 이름 붙일 수 있을까? 여기서 그의 해석이 낙관적인지 비관적인지는 논의의 초점이 아니다. 어느 학술원이 현상금과 함께 '학문의 진보가 인류의 삶을 향상시켰는가'라는 싸구려 문제를 내거는 시대는 이제 지나갔고, 장 자크 루소는 거침없이 '노'No를 외쳐 세계의 열광을 얻어 냈다.* 프로이트는 엄격하고 객관적인, 그 어떤 맹신이나 유행으로 사탕발림할 수 없는 방식으로 자신의 주장을 내세우며 진지하게 함께 고민하고자 하는 이들 모두에게 그의 높은 기준과 단호함의 일부를 나누어 준다. (이 글에서 나는 근본적인 질문만 겨우 약술한 정도이지만) 새로운 자극으로 넘쳐나고 생각할 거리로 꽉 차 있고 세밀함이 돋보이는 이 저작은 지크문트

---

* 장 자크 루소는 "인간의 자유는 자신이 하고 싶은 일을 하는 데 있는 것이 아니라 하고 싶지 않은 것을 하지 않는 데 있다"고 했다.

프로이트 안에 천재적인 심리학자와 진지하고 폭넓은 사고를 하는 철학자가 공존한다는 사실을 재차 입증한다. 심리학자로서 프로이트의 업적을 아직도 성性의 궤도에만 한정해 단선적이라 깎아내렸던 이들은 그의 성과로 자신의 한계마저도 계속해서 확장되고 그 정신의 업적이 모든 분야에 영감이 되는 것을 보며 스스로를 얼마나 변변찮게 생각할지.

토마스 만의 『로테, 바이마르에 오다』

　　요즘 같은 울적한 시기(1939)에 모든 기쁜 일은 두 배로 환영과 감사를 받아야 한다. 분명 걸작이며, 어쩌면 『부덴브로크가의 사람들』, 『마의 산』, 영웅서사시 『요셉과 그 형제들』보다 더욱더 추천할 만한 작품인 토마스 만의 새 소설 『로테, 바이마르에 오다』는 우리에게 바로 그런 고귀하고 순수한 종류의 기쁨을 안겨 준다. 균형감이 완벽하고 언어적으로도 이제껏 도달한 적이 없는 수준의 완성도를 보여 주는 『로테, 바이마르에 오다』는 지적으로 탁월할 뿐만 아니라 그 안에 깃든 젊음, 매우 어려운 내용도 거의 유희적인 가벼움으로 표현하는 생생한 어투, 영리한 아이러니가 품격 높은 장중함으로 이어지는, 저자가 토마스 만임을 감안하더라도 놀랍기 그지없는 방식으로 그 자신의 모든 전작을 능가한다. 지난 7년간 그 이상 황폐할 수 없는 히틀러 독일에서 창작된 구속당하고 억압받은 국내 문학의 가치를 모두 더한다 해도, 망명지에서 집필한 이 한 권의 책에 담긴 내용과 그 무게감과는 도저히 비교할 수 없을 것이다.

이 소설의 줄거리 자체는 그렇게 대단하지도 않고, 서사가 헐거운 일화 혹은 아기자기한 노벨레에 비해 딱히 더 많은 내용을 담고 있지도 않은 듯 보인다. 그럼에도 문학사적으로 큰 의미가 있는 이 작품의 줄거리는 일단 이렇다. 결혼 전 성이 부프였던 로테 케스트너는 괴테의 어릴 적 연인으로, '베르테르'의 연인 로테로 잊히지 않는 이름이 되었다. 그때로부터 반세기가 지난 후, 그녀는 유년 시절의 테세우스였던 괴테를 다시 만나고자 하는 충동을 억누르지 못한다. 세월에 시들었으나 또한 세월 덕에 한층 현명해진 백발의 나이 든 여인은 달콤하고도 어리석은 짓을 저지르고 만다. 훈장을 별처럼 주렁주렁 달고 있는 그 고위 관리에게 유년의 달콤한 기억을 되살려 주기 위해 베르테르의 연인으로 묘사되었던 당시의 분홍 리본이 달린 흰 드레스를 다시 한번 입은 것이다. 그는 그녀를 약간은 어색하게, 또 약간은 거북하게 바라보고, 그녀는 그런 괴테에게 다소 실망하지만 50년이 지난 후의 이 허깨비 같은 재회에 비밀스러운 감동을 느끼기도 한다. 이것이 전부다. 허구인 이 이야기의 스케일은 이슬방울만큼 조그마하지만, 또한 이슬방울이 그런 것처럼 위에서 비추는 빛을 머금어 기적과도 같은 색깔과 광채로 드러낸다.

　　로테 케스트너가 여인숙의 숙박부에 자신의 이름을 미처 써넣기도 전에, 궁금한 것도 많고 말도 많은 소도시의 모든 사람이 그녀에게로 몰려온다. 괴테 주변 사람들이 그녀를 보기 위해 줄줄이 나타나고, 대화가 어디로 이어지든 그들 모두는 '그'에 대해 이야기할 수밖에 없다. 내면의 저항감과 그로 인해 상처받은 적도 있는 허영심에도 불구하고 그들 모두를 사로잡는 바로 '그'에 대해서. 이렇게 모든 면이 그의 존재의 각기 다른 부분을 반영하며 투사되고, 또 투사된 것에 의해 서서히 괴테의 초상이 그려지고, 결국에는 그의 실체가 이 거울의 방 한가운데로 입장한다. 그는 마치 숨결마저 느껴질 것 같은 실재감을 가지고 등장한다. 그것은 내가 아는 그 어떤 소설의 성취와도 비교할 수 없는, 현실의 초상이자 내면에서 습득된 초상이다. 그도 지상의 존재와 불가분의 속성인 편협을 지녔지만, 그것은 압도하는 외모 뒤로 점점 더 환하게 빛나는 빛 안에서 점차 소멸해 간다. 다른 사람과의 관계에서 그 어떤 행동의 대담성이나 무모함에도 위축되지 않는 일종의 독특한 조형성에 의해 그의 내면으로부터 하나의 형상이 만들어지고, 그런 식으로 모든 동작과 목소리 톤과 몸짓 하나하나가 그 외양에 활기를 불어넣는다. 풍부한 문헌학적 자료에도 불구하고 그동안 우리는 시인의 진짜 모습과 문학적 재료로 꾸며진 모습을 구분해 낼 능력이 없었던 것이다. 문자로 기록되는 과정에서 참아 주기 힘들 정도로 꾸며지고 변조되었던 문학사적 인물의 전기는 이 작품을 통해 최초로 예술적으로 완성된 형태를 갖추게 되었다. 내가 아는 괴테의 초상은 토마스 만의 훌륭한 형상화 덕택에 다음 세대에도 분명 현재적인 것으로 남게 될 것이다.

이 작품이 괴테의 예술적 이해를 진정한 지혜로움으로 격상시키고, 여러 분야에 걸친 다재다능한 그의 장인 정신을 무엇보다 위대하고 동시에 매우 성취하기 어려운 것으로 정당하게 평가하고 있다는 점은 아무리 칭송해도 부족할 것이다. 이 가장 독일적인 책, 우리 언어문화에서 오랜 세월에 걸쳐 창작되어 온 것이나 다름없는 가장 훌륭하고 최고의 완성도를 성취한 이 책이 막상 출간되었을 때 금서로 지정되어 8백만 독일인의 손에 닿을 수 없었다는 사실은 앞으로 다가올 시대에 문학사상 가장 부조리했던 불가사의로 남을 것이다. 작품에서 얻을 수 있는 즐거움 그 자체가 완벽한 이 책을 원어로 읽는 특권이 우리에게만 주어진 것에 대해 우리는 거의 사악한 기쁨(보통은 혹독한 값을 치러야 얻을 수 있는)을 느낄 수도 있을 것이다(왜냐하면 나는 모든 번역이 안타깝게도 그런 즐거움 중 많은 부분을 망쳐 놓는다고 생각하기 때문이다. 번역 과정에서는 암시와 관계 사이를 유영하는 가장 연약한 것이 상실되기 쉽다). 그러니 우리는 이것을 대수롭지 않은 한 편의 문학 작품으로만 여길 것이 아니라, 한 작가에게 망명이 패배감을 심어 주거나 정신적으로 빈곤해지는 것만을 의미하지 않고 좀 더 분발해 내적 성장을 기하는 계기가 되기도 한다는 반증으로 보아도 좋을 것이다. 그리고 우리는 오늘, 많은 이들이 마음은 괴테의 독일에 남겨 두고도 실제로는 망명길에 올라 있는 이때에 이 책을 누구보다 앞서 맞이하는 것이 허락되었음에 감사해야 한다. 이 책은 무엇보다도 우리가 겪은 전쟁과 고통에 대한 일종의 보상인 셈이다.

세계상으로서의 책

수천 년 전부터 가능한 한 완전한 세계상을 그리는 것이 모든 지성인의 열망이었다. 그리고 그것은 세계가 외부의 감각과 긴장 관계를 이루는 한은 외적인 도움 없이도 가능했다. 고대 그리스 사람들은 자신이 속한 곳의 풍경과 기념비가 될 만한 사건, 시인과 예술가를 직관으로 파악했다. 과거는 역사적 의의를 갖지 못하면 선조들의 시대를 넘어 지금 여기에까지 이르지 못한다. 언어는 제한된 수의 어휘를 품고 있을 뿐이고, 학문은 얼기설기 얽혀 거의 손에 잡힐 듯 가까이 있는 법칙만을 포괄한다. 고대 그리스 지식인에게도 절대적으로 그랬지만, 오늘날에도 평균적인 인간, 예컨대 인쇄소 보조, 초등학교 교사, 자동차 운전자, 판매직 점원의 평균치 지식은 사실에 비교적 적게 근거할수록 더욱 대담하고 탁월한 연결 고리를 만들어 왔다는 것을 우리는 이보다 더 분명하게 설명할 수는 없을 것이다. 그런 까닭에 당시 사유하는 사람에게 보편성의 확보란 당연한 것이었다. 보편성에 의해 정신은 모든 학문을 균질하게, 창조적으로 끌어안을 수 있었고, 인간의 뇌는 끊임없이 당시 세계의 모든 본질을 시차 없이 받아들일 수 있었다.

무엇보다 책이 인쇄됨으로써 세계는 엄청난 확장을 이루었다. 이미 수없이 말했다 해도, 인쇄술의 발명이 인류 정신의 발달에 가장 크게 기여한 사건이었다는 사실에는 반박의 여지가 없다. 변변찮은 기술에 지나지 않아 보이는 인쇄술을 통해 인류 전체의 사고가 경험한 것, 그 완벽한 개조의 과정은 어쩌면 아직 한번도 제대로 기술되지 않았는지도 모르겠다. 만일 현대를 살아가는 인간의 동공에 얼마나 많은 개개의 글자가 새겨지고 그것이 신경과 세포의 경로를 거치는 이해하기 어려운 전환에 힘입어 어떻게 개념과 논리적인 확증으로 변모해 가는가에 관한 통계가 있다면, 그것만이 우리가 그 환상적인 과정을 완전히 이해하도록 이끌 수 있을 것이다. 그렇게 개별적으로 전달된

각각을 합산하려면, 그리고 우리가 뇌라고 부르는 겨우 5백 그램짜리 물컹한 물질 내부에서 쉴 새 없이 일하는 비밀스러운 각인 기계가 도대체 어떤 원리로 작동하는지 짐작해 보려면 수십억이나 혹은 조 단위의 숫자를 들어도 부족할 것이다. 그런 새로운 종류의 심리학적 통계만이 인간의 뇌에 장소와 사람과 책과 식물과 사물의 이름이 많은 경우 서로 다른 네다섯 개의 다양한 어휘로 저장되어 있고, 그것 각각이 또 세계에서 가장 큰 도시의 인구보다도, 세상에서 가장 큰 도서관의 장서 수보다도 수천 배나 많은 내용을 담고 있다는 경악스러운 사실을 받아들이게 하는 데 도움이 될 것이다. 이전의 세계상과 지금을 직접 비교해 볼 때에야 우리 정신의 우주가 무섭게 확장되어 왔다는 것을 경외심을 느끼며 인지하게 될 것이다.

인간의 기억력이 점점 진화하여 끊임없이 새로운 환경에 적응해 왔음에도 당연히 그런 폭발적인 확장에 지속적으로 대비할 수는 없었으며, 그 모든 것을 완벽하게 정돈하는 것은 더더욱 불가능했다. 호메로스의 서사시와 격언과 역사서를 첫 문장부터 마지막 문장까지 줄줄 외던 옛사람들과 비교해 우리 머릿속에 저장해야 할 지식의 양이 넘치게 많다는 것에는 이론의 여지가 없다. 바로 그래서 우리는 지식의 정리에 쓰이는 기억력의 일부를 신체 바깥에 떼어 놓은 것인데, 이는 인류가 말하자면 내면의 도서 열람실 옆에다 또 다른 세계에 관한 헤아릴 수 없이 많은 장서를 가까이 쌓아 둔 것과 다름없다. 책은 전류를 비축한 축전지와 같이 우리에게 연결된 채로 내부에서 계속 작용하며 무한히 흐르는 정신적 힘에 늘 다시 불을 붙이는 역할을 한다. 언제까지나 지치지 않는 그것은 우리 지식의 저장고이자 영원히 완성이란 없는 건축물인 세계상을 쌓아 올리는 진짜 벽돌이다.

　세계는 확장되기 때문에 점점 압축되거나 요약될 수밖에 없는 상황에 몰리고, 우리는 모든 것을 직접 보고 관찰할 수 없으므로 부지런히 책에 담긴 수많은 타인의 밀도 높은 견해를 스스로에게 날라야 한다. 우리 세계의 시스템을 구축하는 과정에서 역사학자, 어문학자, 석학이 먼저 구축한 시스템이 작동해 우리가 그들이 성취한 결과와 그 윤곽과 최종적인 결론을 취할 수 있는 것이다. 이 세계의 거대한 시스템과 그들에 의해 앞서 정리된 것을 함께 조망하려면 점점 더 많은 것이 필요해진다. 우리 시대의 지성인이라면 누구나, 시인이나 지리학자나, 역사학자나 철학자나 혹은 출판인까지도 각자에게 주어진 과제가 점점 더 방

대해지고 점점 더 높은 창조성을 요구하며, 자신의 업적 전체가 전 지구적이고 보편적인 성격을 띠어야만 한다는 사실을 자각하고 있을 것이다. 좁은 영역을 그리는 것은 비교적 쉽지만, 넓은 원을 그리려면 걸리는 시간 또한 길어지게 마련이다. 일관성 있고 창조적인 계획과 끈기 있게 밀고 나가는 실행력도 필수인데, 이 실행력은 이미 이뤄 놓은 것을 기준으로 판단하기엔 충분치 않다. 확장된 세계가 기대하는 것, 즉 스스로를 갱신하고 확장하는 능력을 지속적으로 함양할 수 있는가가 기준이 된다.

이것을 모두 실행할 수 있는 경우는 매우 드물다. 그것은 다재다능한 인간이나 모든 것을 품을 수 있는 정신만큼이나 드물고, 독일 내에서도 그런 대담한 시도에 공을 들이는 이는 찾기 힘들다. 그런 흔치 않은 시도를 가장 선두에서 하는 곳이 레클람 출판사다. 3세대에 걸친 지난 백 년간을 돌아보며 예술, 학문, 지식 등 모든 주제를 포괄하는 책들로 범세계의 상을 세워, 그것을 균일하고 휴대하기 쉬운 형태로 통일시켜 왔다. 긴 세월에 걸쳐 성장하는 과정에서, 초기 스케치에서 기대한 것보다 두말할 나위 없이 훨씬 더 향상된 성과를 올린 이런 대규모 건설의 근원과 설계도를 탐색해 보는 것은 흥미로운 일이다. 어쩌면 앞선 세대의 누군가가 독일인이 스스로의 문학작품 중 제일 의미 있고 걸출한 것을 가장 싼 가격에 가장 실용적인 판형으로 접할 수 있게 하려는 의도를 가졌던 것은 아닐까. 그러나 완전한 세계상을 향한 무엇보다 강력한 충동은 인간 개개인의 내면에만 감춰져 있지 않고 행동으로 나타나기도 한다. 그 씨앗이 어떤 컬렉션이 구성되는 데 영향을 미치고, 그래서 이 컬렉션이 모든 것을 아우르는 특징을 자연스레 자신의 개성으로 삼게 되면, 그것은 스스로 질서를 갖춘 세계, 하나의 코스모스가 될 것이다. 시적 효용의 측면에서는 생각할 수 있는 모든 형태 안으로 모든 것을 끼워 넣거나 삶의 내적 영역을 모든 문제와 엮을 수 있게 될 것이다. 그것이 학문적으로 단 하나의 분야만 선택해 파고들어 간다면, 다른 것을 헤치며 자연스럽게 나아가 결국은 세계의 핵심에 다다르게 될 것이다. 이런 과정을 거쳐 원래 그 한계가 명확했던 범위는 시대가 지나며 점점 더 확장되었다. 그 자신이 세계상이 되어 세계를 조형하는 역할을 하고, 재미에서 교훈을 얻고, 교훈으로 더욱 깊어지고, 영혼의 깊어짐을 동시에 정신적 공간의 확장과 연결시키고, 점점 그 범위를 확장해 인접한 영역에 한 분야 한 분야를 편입시키면서 결국에는 모든 나라에서 모든 시대에 시도되었던 문학과 사유의 모든 노력을 재현하려 한 것이다. 어느 날 갑자기 성장을 향한 이런 충동이 적당히 가라앉는다고 해도 이것은 그대로 끝나거나 멈추지 않는다. 끊임없이 변화하고 모습을 바꾸는 시대를 직접 살아가는 우리 중 도대체 누가 그런 결심을 할 수 있겠는가, 흐름이 계속해서 충동질할 때 그 누가 멈춰 설 수 있겠는가, 끝없이 넓어지는 지평과 확장되는 차원을 앞에 두고 그 누가 시선을 돌릴 수 있겠는가? 모든 목적지향적인 것은 지칠 때가 온다. 그러나 목표가 무한하고 총체적인 것을 향해 뻗어 나갈 때 멈춤은 있을 수 없다. 1세대 레클람은 자신이 기획한 소박한 시리즈에 "유니버설-비블리오테크"Universal-Bibliothek라는 이름을 붙일 때, 그것이 스스로의 삶과 이후 3세대에 걸친 후손에게 어떤 의무와 과제를 천명하게 될지 아마 알지 못했을 것이다. 늘 그런 것처럼 명명하는 순간 이미 과제의 규모가 결정되었다. 그것을 수행하는 데 이제껏 3세대에 걸친 시간이 소요되었고, 그 전체는 아직도 완성되지 않은 채로 다음 세대에게 새로운 가능성을 넘겨주며 더불어 창조적인 활동의 행복감도 함께 전달했다.

저렴한 가격을 치르고 국가 전체의 본질에 접근 가능하게 되는 것이, 낯선 것을 접함으로써 개개인의 세계상이 넓어질 가능성을 갖게 되는 것이 지식을 갈망하고 앎을 기뻐하는 민족인 독일인에게 얼마나 큰 의미인지 오늘날에는 더 이상 가늠할 수가 없다. 확실한 것은 오늘날 교육 수준이 유럽 국가 중 가장 선두에 있는 이 나라가 흔히 그냥 개인이 운영하는 출판사 내지는 문학 전문 출판사 정도로 취급되는 이 훌륭한 기업에 고마운 마음을 갖는 경우는 전혀 없다는 것이다. 사실상 독일출판조합에 속한 어떤 다른 출판사도 장 파울*이 이전에 그토록 행복감을 담아 독일인의 속성이라 명했던 '세계성'을, 모든 측면을 주시하며 외부를 향해 난 창에 스스로를 연결시켜 타고난 형이상학적 정신성으로 모든 개별적인 것에서 전체를 파악하는 능력을 레클람과 함께 형성하지는 못했던 것 같다. 소박하게 시작한 그 총서의 타이틀을 대담하게도 "유니버설-비블리오테크"라 명명했을 당시 창시자가 우연한 포착과 모호한 직관으로 미리 결정지은 대로 그가 세계를 구성하려 했던 방식이 독일의 4−5세대에 걸쳐 작용했으며, 이것은 오늘날 교양을 갖춘 사람이라면 반드시 가까이에 두는 가장 완벽한 총서가 되었다. 그것은 언제까지나 다함이 없으며 지칠 수도 없고, 종결될 수 없으므로 종결되지도 않으며, 계속해서 향상될 수 있는 것이다. 우리는 그렇게 시작된 그 총

---

* 독일의 소설가. 괴테나 레싱과 비견되기도 하며, 『미학 입문』이라는 이론서가 독일 문학사의 귀중한 문헌으로 꼽힌다.

서의 위대함이 앞으로도 지속되리라는 것을, 그리고 이전 세대에게 그랬듯 앞으로의 세대에게도 역시 꼭 필요하고 결정적인 것이 되리라는 것을 안다.

『천일야화』의 드라마

동방의 발견은 유럽 사회의 지평을 급격하게 넓힌 세 가지 사건 중 가장 최근 사건이다. 유럽 정신의 첫 번째 위대한 발견은 스스로의 훌륭한 과거를 발견한 르네상스 시대에 이루어졌다. 거의 비슷한 시기에 있었던 두 번째 발견은 미래를 향했다. 그간 끝이 없을 것으로 믿었던 대양 너머로 아메리카 대륙이 돌연 떠올랐다. 아주 멀리 있던 지평선이 가까이 당겨지고, 미지의 나라와 낯선 식생이 새로이 눈뜬 환상에 불을 붙여 유럽 정신을 새로운 전제와 무한한 가능성으로 채웠다. 그다음 세 번째 발견은 왜 그리 늦어졌는지 도무지 이해할 수 없지만, 동방을 발견한 것이었다.

우리에게 근동 지방부터 페르시아, 일본, 중국까지 동쪽에 위치한 모든 나라는 수백 년간 비밀에 싸인 장소로, 진위가 의심스럽고 전설 같은 이야기만 전해져 올 뿐이었다. 바로 이웃에 위치한 러시아조차 바로 얼마 전까지만 해도 낯선 안개로 자욱했다. 오늘날(1917)에도 우리는 폭력적인 전쟁으로 인해 충분히 객관적이지 못한 시각으로 속도만 붙어 버린 지적 인식의 시작점 한가운데 서 있을 뿐이다.

근동 세계에서 온 최초의 전령은 왕위 계승 전쟁 시기에 프랑스에 전해진 작은 소책자, 이미 오래전에 학식 있는 수도승 앙투안 갈랑*의 번역으로 전해진 『천일야화』였다. 이 작은 책의 첫 권이 불러일으킨 엄청난 인기는 지금으로서는 제대로 상상하기도 어려울 정도였다. 유럽의 감성에 그 이야기는 낯설지만 환상적인 것으로 다가왔고, 표면적으로 당대의 최신 취향에 잘 맞는 듯 보였다. 유럽이라는 오래된 세계에는 여태껏 미지의 것이었던 우화를 빚어내는 솜씨가 뛰어난 세계가 단번에 열렸고, 이것은 프랑스 궁정문학의 경직성이나 동화의 단순함과 묘한 대조를 이루었다. 그리고 독자들 — 어느 시대에나 순진한 — 은 이 마성의 이야기에, 끝나지 않는 꿈의 환각에 도취되었다. 독자들은 이 책에서 완전히 새로운 문학을 발견하고 매혹된

---

* 프랑스의 동양학자. 『천일야화』를 프랑스어로 번역해 최초로 유럽 세계에 소개했다.

다. 일정한 법칙을 적용하거나 따로 수고를 들이지 않고도 즐길 수 있으며, 이성이 잠시 휴식을 취하는 동안 오직 환상만이 토착적인 배경 안에서 한계 없는 곳을 향해 날아간다. 이것은 곧 무게 없는 예술, 진짜 의미가 없는 예술, 심지어 거의 예술 없는 예술에 가깝다. 이 동화를 처음 접했을 때부터 유럽 사람들은 일종의 교만이 깃든 시선으로 이것을 그저 순진한 난장판으로, 의미 없이 화려하기만 한 혼란으로, 진기하고 희한한 이야기로 여겨 왔다. 작자 미상인, 특별한 예술적 가치도 없고 지은이도 구성한 사람도 없는 서사로 말이다. 몇몇 학자가 개별적으로 이 작품의 높은 예술적 가치를 강조하기도 하고, 학계가 개개의 모티브를 찾아 이 이야기의 고향인 페르시아와 인도까지 추적해 들어간 적도 있지만, 이 작자 미상의 작품은 여전히 지은이를 밝히지 못한 채로 남아 있다. 지금 우리가 그 이름을 모르는 지은이를 만약 찾는다 해도 그 공로가 다만 우리 세계에 함께 사는 순박한 사람의 것이라는 사실에는 변함이 없고, 그의 동기 또한 사랑에 공감하고 그 비밀을 탐지한 것 이외에 다른 어떤 학문적 야심에서 비롯되었다고는 할 수 없을 것이다. 아돌프 겔버**는 인생에서 일하는 시간 외에 남는 20년의 시간을 — 베를린의 프리츠 마우트너***가 본업

** 아돌프 겔버, 『천일야화, 셰에라자드가 들려준 이야기의 의미』, 빈, 모리츠 페를러 출판사, 1917. (원저자주)
*** 오스트리아·헝가리제국 출신으로 베를린에서 활동한 저널리스트. 이후 언어에 대한 회의에 빠져 언어 비판과 철학 공부에 매진하

79

인 저널리스트로 일하는 한편 인생의 절반에 해당하는 시간을 들여 은밀히 언어 비판에 관해 저술한 것과 비슷하게 — 이 책에 쏟았다. 그 결과물은 진정 놀랍고 교훈적인 동시에 흥미롭다. 신비한 동양의 판타지이자 이야기로 이루어진 마법의 고리인 『천일야화』를 이전부터 좋아했던 사람도 얼핏 보기에 고삐 풀려 날뛰는 것 같은 이야기의 배열 속에 지혜로운 직관 같은 것이 깃들어 있고, 다채로운 동화의 껍질 뒤에 인간의 귀중한 본질 같은 것이 숨겨져 있다는 것을 이제야 알게 되었을 것이다.

화려하고 영리하지만 멍청하고 유머러스한, 진지하고 경건하지만 환상적인, 음란하나 동시에 교리적인 수많은 이야기가 난잡한 혼란 속에, 성긴 액자식 구성 안에 빽빽하게 엮여 있다는 것이 지금껏 우리가 이 12권짜리 동방의 서사시에 대해 가지고 있던 견해였다. 영리하고 치밀한 동행자인 겔버의 책은 이 열대의 야생으로 향하는 진짜 길을 최초로 보여 준다. 이 길에서 『천일야화』의 이야기들이 분명한 이유에 의해 배열되었다는 것이 드러남과 동시에 우리는 지은이 안의 시인을 발견한다. 묘사를 따라가다 보면 저절로 그런 생각을 갖게 되지만, 이 길이 우리에게 그것을 알려 주는 보다 특별한 방식은 따로 있다. 긴 밤 내내

여 관련 서적을 출판하기도 했다.

동화에서 동화로 이야기가 이어지게 되는 계기를 제공하는 비극적 인물인 그늘을 가진 왕 샤리아르와 여주인공 세에라자드가 만들어 내는 긴장과 격동의 드라마가 그것이다. 겉보기엔 수천 페이지에 달하는 분별없는 이야기처럼 보이지만, 겔버의 직감은 이것이 독자에게 최상의 심리학적 자극을 주며, 따라서 다시 설명될 만하고 모방하여 재현할 가치가 있는 드라마라고 말한다. 지금까지 인형극에 나오는 무서운 캐릭터로나 알려졌던 샤리아르 왕은 홀로페르네스와 푸른 수염을 절반씩 닮은 듯 피에 굶주린 포악으로 매일 아침 전날 밤 아내로 삼았던 소녀를 처형장으로 보낸다. 영원한 교활의 상징인 세에라자드는 환상적인 이야기를 들려주는데, 새벽이면 늘 제일 흥미진진한 순간에 이야기를 멈춤으로써 하룻밤 또 하룻밤 목숨을 번다. 우리는 이제까지 세에라자드를 닳고 닳은 사기꾼이라 평가해 왔다. 지금까지 우리가 알기로 그녀의 책략은 모두 낚시로 물고기를 잡듯 흥미진진함의 날카로운 갈고리로 사악한 왕을 사로잡아 호기심에 안달하게 하는 것이었다. 그러나 동화는 우리의 생각보다 지혜롭고, 그 지은이의 뜻은 한정 없이 깊기만 하다. 아무도 그 이름조차 모르는 수백 년 전의 낯모르는 이는 진정한 비극 작가였고, 이 책에서 그가 두 사람 사이의 긴장감과 운명에 관해 펼쳐 보인 것은 말하자면 이후의 창작자가 다시 다루기 쉽게 준비된 일종의 희곡 같은 것이었다.

겔버의 해석을 한번 나열해 보자. 무대의 배경은 이렇다. 별이 수놓인 근동 지방의 하늘이 끝이 정해지지 않은 저잣거리의 운명들을, 소박한 열정들로 이루어진 단순한 세계를 자유롭게 내려다보고 있다. 다음은 장소. 동방의 왕국답게 화려하게 치장된 왕궁은 미케네의 왕이 살던 성이나 오레스테이아에 나오는 궁전과도 같이 어쩐지 불길한 일이 일어날 것만 같은 예감에 휩싸여 있다. 그리고 그곳에는 공포의 대상이자 여성을 살해하는 괴물인 포악한 샤리아르 왕이 살고 있다. 무대가 정해지고 인물이 배치되었으니 극이 시작되는 일만 남았다. 그런데 이 연극에는 왕의 영혼에서 일어나는 일을 다룬 서막이 있다. 타인을 불신하고 피에 굶주려 있으며 의심이 많은 폭군 샤리아르 왕은 사랑을 경멸하고 신뢰를 조소한다. 하지만 그가 원래부터 그런 것은 아니었다. 샤리아르의 그런 면은 환멸에서 비롯되었다. 이전에 그는 정의롭고 진지하며 책임감 있는 군주였다. 아내와 행복하게 지내던 그는 아테네의 티몬만큼이나 세계를 신뢰했고, 오셀로만큼이나 순진했다. 그런 그에게 먼 여행에서 마음에 상처를 입고 돌아온 동생이 제 처지를 설명하기를, 자기 아내가 노예 중에서도 제일 더러운 놈과 놀아났다는 것이었다. 왕은 그를 불쌍히 여겼지만, 아직 의심이 무엇인지 알지는 못했다. 그러나 경험 덕에 예리한 눈을 갖게 된 동생은 형의 결혼 생활도 자신의 것처럼 여인의 부정이라는 얼룩으로 좀먹어 가고 있다는 것을 곧 알아차렸다. 그는 샤리아르 왕에게 조심스럽게 이를 일러 주었다. 왕은 단지 말뿐인 것을 믿으려 하지 않았다. 오셀로처럼, 티몬처럼 그 주장에 승복하기 전에 세상이 그토록 파렴치하다는 것을 증명해 줄 증거를 요구했다. 그러나 그는 곧 동생이 진실만을 말했고, 그의 아내가 저속한 흑인 노예와 함께 그의 명예를 더럽혔다는 사실을, 궁정 신하와 노예 모두가 오래전부터 그 사실을 알았으며 오로지 그의 눈만 선의로 가려져 있었다는 사실을 몸서리치며 깨달았다. 그의 내면에서 신뢰의 세계가 단번에 무너져 내렸다. 마음은 음울해졌고, 더 이상 사람을 믿지 못하게 되었다. 이제 그에게 여자란 거짓과 배신으로 빚어진 종족, 아첨꾼과 거짓말쟁이 무리인 시녀와 같은 존재가 되었다. 분노로 착란 상태에 이른 그의 영혼은 세계를 향해 격분을 쏟아 냈다. 그는 오셀로의 독백을 읊을 수도 있었고, 아니면 티몬의 넋두리를 늘어놓을 수도 있었다. 모두 커다란 실망을 겪은 자들의 말이었다. 하지만 그는 난폭한 폭군이 되었다. 많은 말을 하는 대신 칼을 휘두름으로써 그 분노를 표출했다.

　그가 처음으로 실행에 옮긴 것은 전례 없는 살육이라는 복수였다. 아내와 그녀의 정부, 이 비밀스러운 정사를 알면서도 침묵한 모든 시녀와 시종까지 죽음으로 그 죄를 갚아야 했다. 그럼 그다음에는? 혈기왕성한 샤리아르 왕은 여자를 향한 욕망을 잠재울 수 없었다. 근동 사람인 그에게는 여인에게서 얻을 수 있는 안락에 대한 본능적인 욕구가 있었고, 노예나 매춘부를 탐닉하는 것으로 그 욕구를 채우기엔 왕으로서 그의 자긍심이 지나치게 높았다. 그는 왕비를 들이길 원했지만, 더 이상 배신당하지 않으리라는 보장도 원했다. 이 방종과 불신의 세계에서 자신의 명예를 지키길 원하는 동시에 쾌락도 원했다. 그에게서 인정이란 더 이상 찾아볼 수 없었다. 그렇게 해서 세워진 폭군의 계획은 바로 매일 밤 나라 안 귀족의 딸, 순결한 처녀를 취하여 왕비로 삼고 바로 다음 날 아침 죽이는 것이었다. 그에게는 처녀성이 신뢰를 보증하는 첫 번째 증표요, 죽음이 두 번째였다. 간택된 신부는 왕을 배신할 시간조차 없어야 하므로 신방 침대에서 곧바로 처형장으로 보내졌다.

이제 그는 안전했다. 매일 밤 처녀가 공급되었고, 그의 품에 안겼다가 칼날 아래로 직행했다. 온 나라가 공포로 가득 찼다. 추적자들을 보내 모든 남자 아기를 절멸시켜 버리라 명했던 헤롯의 시대에 그랬던 것처럼 민중은 아무 힘없이 폭정에 절규했다. 딸을 가진 온 나라의 귀족은 자식을 빼앗기기도 전부터 상복을 입고 다녔다. 온 나라의 딸들이 차례차례 왕의 불신에 바치는 제물로 불려가 광기의 희생양이 될 것을 알았기 때문이다. 암흑과도 같은 분노는 용서를 몰랐고, 자신이 더 이상 여자에게 배신당한 자가 아니라 그 배신을 벌하는 유일한 사람이 되었다는 생각은 음울한 영혼 안에서 복수를 향한 광적인 무언가를 번뜩이며 타오르게 했다.

그리고 마침내 재상의 딸인 셰에라자드가 왕의 침상에 들라는 부름을 받았을 때 독자들은 이 비극적인 동화가 이렇게 이어질 것이라 짐작한다. 교활한 그녀는 낙담 속에서도, 목숨을 건 힘겨운 싸움 속에서도, 폭군의 호감을 얻기 위해 가슴에는 죽음에 대한 두려움을 품고 있으면서도 입술에는 미소를 띠고 침울한 왕에게 동화와 재미있는 이야기를 들려줄 것이라고. 허나 다시 말하지만, 우리가 짐작했던 것보다 동화는 지혜롭고 지은이는 더 많은 것을 알고 있다. 이 익명의 작가는 참으로 위대한 극시인이었고, 인간 마음의 모든 심연과 영원한 예술의 법칙까지도 두루 알았던 것 같다. 짐작과 달리 셰에라자드는 사실 왕의 부름을 받지 않았다. 몸서리치면서도 왕의 명을 수행할 수밖에 없었던 재상 덕분에 그 딸은 끔찍한 운명으로부터 열외가 되어 자유롭게 남편감을 고르고 삶을 즐기며 살 수도 있었다. 그러나 다른 사람도 아닌 그녀가, 이 피와 공포의 길을 걷기를 강요당하지 않은 유일한 여인이 어느 날 아버지 앞에 나아가 자원해 왕에게로 데려다 달라고 부탁했다는 것이 믿기 힘들지만 진실이었다. 이것은 유딧이 자기 민족을 위해 희생하기를 망설이지 않았던 것과 같은 종류의 주인공다운 결심이지만, 어쩌면 그보다는 익숙하지 않은 것에 끌리고 특별한 것에 유혹당하고 위험 앞에서 매혹되는 여성의 본성에 뿌리를 둔 결정이 아니었을까 싶다. 푸른 수염이 자기가 숭배했던 여자들을 죽임으로써 새로운 여자를 유혹하고, 돈 후안이 그에게 저항하려던 소녀들을 자신의 불가항력적인 매력에 관한 전설로 미혹해 결국 먹잇감으로 삼았던 것처럼, 이 피에 굶주린 왕이자 암울한 폭군 샤리아르 또한 바로 여자와 그 본성에 대한 분노를 갖고 있다는 사실이 마법을 부려 영리하고 순수하고 순결한 셰에라자드를 유혹했을 것이다. 그녀는 구원하고자 하는 소망, 왕을 매일같이 벌어지는 살육의 현장에서 구해 내고자 하는 열망으로 그에게 가고자 한 것이라고 생각했겠지만, 사실 그 저변에는 자신이 아는 것 이상이 있었다. 마음속 깊은 곳에서부터 솟아나는 모험을 향한, 사랑과 죽음이 상벌로 걸려 있는 무서운 게임을 향한 갈망이 그것이다. 재상인 아버지는 경악했다. 매일 아침 주군의 떨고 있는 희생자를 아직 온기가 남은 침상에서 데려가 차가운 죽음으로 보내는 장본인이 바로 그 아닌가. 그는 셰에라자드의 무모한 생각을 막아 보려고 했다. 명료하게 의견을 전하고 또 반박하는 상대의 말을 들으며 그들은 서로의 논지를 교환했다. 그러나 재상은 더 이상의 희생을 막아야 한다는 생각에 거의 무아지경으로 빠져 있는 딸을 어떤 논리로도 막을 수 없다는 사실을 깨달았다. 그녀는 왕에게 가기를 원했다. 재상은 이 소원을 거절할 자신이 없었다. 어쨌든 그는 딸의 목숨보다 자신의 목숨을 잃을 것이 더 두려웠고, 동시에 다른 주인공의 아버지가 대부분 그렇듯 자식을 이길 수 없는 아비였기 때문이다. 그래서 그는 왕 앞에 나아가 놀라는 그에게 딸의 결심을 전했다. 샤리아르는 재상의 딸이라고 자비를 베풀지는 않을 것이라 경고했고, 주군의 종이자 한 소녀의 아비인 자는 암담한 심정으로 고개를 떨구었다. 그는 딸에게 닥칠 불운을 잘 알았다. 운명은 이미 제가 걸을 길에 발을 들여놓았고, 셰에라자드는 희생된 다른 신부들처럼 치장하고 왕 앞에 섰다.

셰에라자드의 첫날밤은 다른 모든 사랑의 밤과 똑같이 시작되었다. 그녀는 왕을 거부하지 않았고, 단지 그가 그녀의 눈에 눈물이 고여 있는 것을 눈치챘을 때 한 가지 부탁을 했다. 날이 밝아 죽음이 다가오기 전에 제일 친한 소꿉친구이자 여동생인 두냐자드를 만나게 허락해 달라는 것이었다. 왕은 그 청을 들어주었다. 자정이 지나자마자 어린 여동생은 언니가 영리하게 미리 일러둔 대로 '남은 밤 동안 깨어 있는 시간을 재미있고 유쾌하게 보낼 수 있게' 이야기를 들려 달라고 졸랐다. 셰에라자드는 왕에게 허락을 구했고, 다른 모든 살육자가 그렇듯 밤이면 휴식도 없이 불면에 시달리던 왕은 기꺼이 그러라고 했다.

이제 셰에라자드는 이야기를 시작한다. 그런데 그녀가 들려주는 이야기는 우스운 이야기도 아니고, 재미있는 익살도 아니고, 호기심을 자극하는 이야기도 아니고, 그저 동화 한 편이었다. 나그네가 등장하는 깜찍하고 단순한 동화, 대추야자씨와 운명에 관한 동화였다. 하지만 이 깜찍한 이야기에는 진실의 쓴맛이 깃들어 있었다. 그것은 죄지은 자와 무고한 자, 죽음과 사면에 관한 이야기로, 얼핏 아무 의도도 없어 보이지만 실은 화살처럼 날카롭게 왕의 마음을 겨누고 있었다. 두 번째 이야기가 순식간에 첫 번째 이야기에 섞여 들어왔는데, 역시 죄와 결백에 관한 것이었다. 솔로몬의 봉인으로 정령이 갇힌 유리병을 바다에서 낚아 올린 어부의 이야기를 들려줄 때, 영리한 그녀는 결국 자신의 이야기를 한 것이었다. 정령은 그 감옥으로부터 한달음에 달려 나와 자기를 꺼내 준 은인을 오히려 쳐 죽이려 한다. 물론 그도 처음에는 자기를 가장 먼저 암흑에서 구해 주는 이를 세상에서 제일가는 부자로 만들어 주겠다고 다짐했다. 그러나 수천 년 동안 아무도 나타나지 않자 분노에 차서, 오히려 자기를 풀어 주는 이를 죽여 버리겠다고 결심한다. 그래서 정령이 은인의 머리 위로 주먹을 치켜들었던 것이다. 샤리아르는 귀를 기울였다. 그녀는 혹시 잔혹한 악귀가 그를 가둔 어두컴컴한 우울과 혐오와 망상의 감옥에서 그를 꺼내 주려고 온 것일까? 그런데 그는 자신을 기쁨의 세계로 해방시켜 주러 온 그녀를 죽이려 하고 있지 않은가? 하지만 셰에라자드는 곧장 다음 이야기를, 다른 동화를 들려준다. 동화는 모두 다채로운 내용으로 일면 순진하고 유치한 이야기인 듯 보였지만, 기묘한 집요함으로 항상 똑같이 죄와 용서, 잔인과 배은망덕 그리고 신의 공정함에 관해 반복했다. 샤리아르는 귀를 기울였다. 그러는 동안 그의 마음에는 끝까지 답을 찾아보고 싶게 만드는 질문들이, 그를 압박하고 불안하게 만드는 문제들이 생겨났다. 그는 몸을 앞으로 기울여 수수께끼의 답을 찾고 싶어하는 이의 긴장된 감정으로 신경을 곤두세우고 경청했다. 이야기 도중에 셰에라자드가 멈추었다. 아침이 밝아 왔던 것이다. 성애와 유희의 시간은 이제 지나갔다. 단두대로 향할 시간이었다. 이야기는 아직 끝나지 않았는데, 그녀의 삶은 이제 끝이었다.

그녀는 처형장으로 가야 했다. 왕의 다음 한마디가 그녀를 죽음으로 내몰 것이었다. 그런데 왕은 망설였다. 시작된 이야기는 아직 끝나지 않았고, 분명 단순한 호기심이나 이야기를 끝까지 듣고 싶어하는 어린애 같은 욕구 이상인 그 안의 어두운 의문도 잠잠해지지 않았다. 알 수 없는 힘이 그를 온통 헤집어 놓았고 의지를 마비시켰다. 그는 머뭇거렸다. 그리고 수년 만에 처음으로 처형을 하루 연기했다. 단 하루뿐이었지만 셰에라자드는 목숨을 구했다. 그녀는 태양 아래 정원을 거닐 수 있었다. 밝은 하루 동안 그녀는 왕비, 이 왕국의 유일한 왕비였다. 그러나 날은 저물기 마련이었다. 다시 저녁이 되었고, 다시 그녀는 그의 침소로 들어가 다시 감겨 오는 그의 팔을 마주 안았고, 여동생은 다시 기다렸고, 그녀는 다시 이야기를 들려줘야 했다. 이야기로 이루어진 천 겹의 원이 신비한 밤의 윤무輪舞를 추기 시작했다. 처음에 그것은 여러 가지 사례와 교훈적인 이미지로 의미를 포장함으로써 왕을 교화하고 광기를 제거하려는 의도를 가지고 있었다. 놀라울 만큼 활발한 연구로 겔버는 한 편 한 편의 의미와 의도를 파악해 그 이야기들이 얼마나 빈틈없는 구조로 정리되었는지 보여 준다. 얼기설기 배열된 것처럼 보이지만 실은 그물코처럼 촘촘한 구조로 왕이 결국 모든 저항력을 잃고 그 안에 포획될 때까지 주변을 좁혀 들어간다. 그는 한두 번쯤 부질없이 달아나려는 시도를 한다. "멈추지 말고 그 상인의 이야기를 끝까지 해라!"라고 강하게 호통을 쳐 보지 않은 것은 아니다. 그는 의지가 어떻게 자신의 영향력에서 벗어나는지를, 밤이면 밤마다 이 영리한 여자에 의해 자신의 결정이 어떻게 번복되는지를, 그리고 어쩌면 그것 이상의 무언가를 느꼈을 것이다. 셰에라자드는 멈추지 않았다. 그녀는 자신뿐 아니라 그 뒤를 이어 죽임을 당할지 모르는 수백 수천 소녀의 생명을 위해 이야기를 한다는 것을 알았다. 그녀는 이들 모두를 구하기 위해, 그리고 누구보다도 왕을, 남편을, 마음속 깊숙한 곳에서 실은 현명하고 귀한 사람임을 느꼈기에 다시는 증오와 불신이라는 어두운 악마의 손에 내어 주고 싶지 않은 그를 구하기 위해 이야기를 계속했다. 스스로도 알았을까? 사랑이 그녀가 이야기를 하게 만들었다는 것을. 그리고 왕은 귀를 기울였다. 처음엔 불안했지만, 점차 그는 자신을 고스란히 내던지듯 이야기에 몰입했다. 지은이는 이것을 그가 "탐욕스럽게", "참을성 없이" 그녀가 계속해서 이야기하기를 갈망했다는 표현을 통해 자주 드러낸다. 그는 매일 밤 입을 맞추는 그녀의 입술에 점점 더 애착을 갖게 되었고, 점점 더 구제불능으로 빠져들었으며, 그러면서 자신이 했던 행동이 광기에 지나지 않았음을 점점 더 선명하게 깨달았다. 어쩌면 그 밤들이 너무나 아름다웠기에 그녀가 이야기를 멈출지도 모른다는 것보다 더 두려운 것은 그에게 없었을지 모른다.

　　셰에라자드 역시 이제 이야기를 중단해도 목숨은 안전할 것이라는 사실을 이미 오래전부터 알았을 것이다. 그러나 그녀 역시 멈추기를 원치 않았다. 그 밤들은 그녀가 이 이상하고 매우 독선적이고 강압적인, 그러나 그녀의 영혼이 가진 힘으로 길들이고 씻긴 사람과 침대에서 보내는 사랑의 밤들이었기 때문이다. 그녀는 이야기를 하고 또 했다. 이야기는 이제 처음처럼 의미심장하지도, 이전만큼 재기발랄하지도 않았고, 멍청한 것과 기묘한 것과 이상한 것과 단순한 것이 다채롭게 엉망으로 뒤섞였다. 그녀는 했던 말을 반복하며 시간을 끌었다. 후반부 5백 일 밤의 이야기에서는 더 이상 첫 절반에서처럼 겔버가 그토록 훌륭하다 여겨 그 조화를 열어 보여 주었던 자체적인 내적 법칙이 깃든, 풍부한 의미를 가진 구조나 선명한 짜임새를 찾아볼 수가 없다. 이 후반부는 그저 이야기하기 위해 이야기된 것이고, 환상적이고 부드러운 동방의 사랑의 밤, 그 밤들을 채우기 위해 이야기된 것이다. 천 일째 밤, 드디어 이야기 짓기가 끝난 후 그녀의 마음이 더 이상 어떻게 해야 할지 몰랐거나 또는 더 이상 무엇도 하고 싶지 않다고 느꼈을 때, 셰에라자드는 윤무를 멈추었다. 변화된 현실이 꿈의 세계로 성큼 들어섰다. 그녀 곁에는 지난 3년간 왕과의 사이에서 낳은 세 아이가 있었다. 그녀는 아이들을 왕에게로 데려와 간청했다. 왕이 아이들의 어미를 붙들고 싶어할지도 모른다는 기대에서였다. 샤리아르는 불신의 나락으로 추락

했던 마음에 그녀를 받아들였다. 그는 스스로의 광기에서 해방되었고, 그녀는 근심으로부터 자유로워졌다. 그녀는 쾌활하고 현명하고 공정한 왕비가 되었고, 여동생 두냐자드는 여자에 대한 환멸에서 회복한 왕의 동생의 아내가 되어 그가 다시 여자를 존중하는 법을 배우도록 했다. 구원된 나라에 환호가 울려 퍼졌고, 여자를 비방하고 조롱하기 위해 시작된 노래가 신의와 가치와 사랑을 노래하는 찬가로 바뀌어 불렸다.

　동방의 이름 없는 이가 쓴 이 비극 안에 펼쳐지는 감정의 스펙트럼은 엄청나게 넓다. 『천일야화』에 숨겨진 드라마와 비슷한 수준의 훌륭함은 역시 아돌프 겔버가 대담하게 새로운 해석을 시도한 셰익스피어의 몇몇 작품에서나 찾아볼 수 있다. 이 드라마는 거의 음악적으로 가장 깊은 절망으로부터 그 어떤 구속도 없는 완전한 유쾌함으로 옮겨 간다. 『템페스트』에서와 같이 사람 마음속의 모든 요소와 영혼의 파도가 그 안에서 샅샅이 파헤쳐지고, 헤집어졌던 것은 귀향길의 은빛 수면처럼 다시 잔잔히 잦아든다. 동화의 모든 가벼움과 전설의 다채로움이 그 안에서 반짝이고, 이 요동치는 극 안으로 피의 드라마가 단단히 엮여 든다. 권력을 다투는 성별 간의 극심한 전쟁, 정절을 맹세케

하려는 남자의 투쟁과 사랑을 향한 여자의 투쟁. 아무도 그 이름을 알지 못하는 작가, 우리를 익명의 위대함에 눈뜨게 한 이 흥미롭고 의미심장한 작품에 가장 큰 공을 세운 이가 빚은 잊을 수 없는 드라마가 펼쳐지는 것이다.

플로베르의『감정 교육』

이제 드디어 이 소설에 대해 지루하다는 것 이외에 무언가를 더 말할 수 있게 되었다. 누구보다도 프랑스 대중이 이 소설에 지루하다는 평가를 내렸다. 보바리 부인 이야기로 영웅의 자리에 등극한 플로베르가 차기작으로 센세이션을 불러일으키는 소설 대신 두껍고 말도 안 되는 아프리카 대륙에 관한 책(『살람보』)을 선보인 것에 대한 찜찜함이 남았던 것이겠지만, 이 가장 내밀하고 개인적인 작가적 기록이 출간되었을 때 대중은 그들을 어쩐지 언짢게 하는 작가에게서 불쾌감을 느끼며 거리를 두었다. 그러나 우리 언어권에서 그릴파르처가 그랬던 것과 같이 플로베르 역시 이 진지하고 다소 떠들썩한, 허나 내적으로 서서히 뿌리내려 자신을 괴롭히는 대중의 반응으로부터 달콤함을 느끼는 일을 그만두었다. 연사가 청중을 염두에 두지 않음으로써 한결 유창하게 말하게 되는 것이나, 낯선 사람의 삶에서 망각되기를 선택함으로써 자신의 형상을 원하는 대로 빚을 수 있게 되는 것과 비슷한 일이었다. 그가 그렇게 할 수 있었던 것은 본인 인생에서 일어났던 사건 중 하나 ― 모두가 아는 바로 '그' 사건 ― 를 이 소설에 공식적으로 숨겨 두었기 때문이었을 것이다. 자신의 사랑 이야기 말이다. 사람들은 이미 상대 여성의 이름이나 세세한 사정을 모두 잘 알고 있다. 하지만 그런 것은 표면으로 드러난 것에 불과하므로 여기서는 중요하지 않다. 그보다는 내면적인 것, 시인이 타고난 남다른 섬세한 본성이라든지, 불어오는 지난 시대 낭만주의의 바람에 부드럽게 흩날리는 어떤 것이라든지, 첫 만남에 꾼 꿈으로부터 삶 전체의 현실을 쌓아 올리는 모습이라든지, 우아한 영혼의 사랑이라는 반경 안에 있는 이런 모든 미세한 떨림이 한 편의 서정시가 조바꿈한 것같이 보이는 이 작품에 포착되어 있다.

그런데 왜 『감정 교육』인가? 프레데릭의 타고난 내면은 감상적이지 않다. 그는 모든 위대한 시인이 사랑하는 고급 취향을 가진 한량이다. 생산적이기보다는 꿈꾸는 자이고, 정말 시를 써서 시인이라기보다는 사랑의 환상 안에서 시인인 자이고, 그의 재능은 열매를 맺지 못하지만 그 자신은 유미주의자다. 발자크보다 플로베르가 더 싫어했으면 했지 결코 더 좋아하지는 않았을 유형의, 일상적인 삶에서조차 매우 수동적인 인물이다. 그러나 그럴지언정 그는 감상적인 인물은 아니다. 사랑이 그를 그렇게 만들었을 뿐이다. "당신은 내가 사람들이 지나친 과장이 아니냐고 비난하는 것을 모두 느끼게 만들었어요." 에필로그에서 그는 연인에게 이렇게 말한다, 절반의 감사와 절반의 고통을 담아. 사소한 것이 그에게는 무한히 큰 것으로 다가온다는 점에서 그는 예민한 인물이다. 드레스 색깔이, 꼭 쥐는 그녀의 손이, 한 번의 한숨이, 그저 가벼이 스쳐 가는 그런 것들이 이 유미주의자에겐 프랑스혁명보다 더 대단한 체험이다. 그러나 그가 과장되게 느끼는 것은 꿈에서뿐이고, 현실에서 그는 조심스럽고 신중하고 고결하게 행동한다. 시인보다는 시에 더 가깝다고 할 정도로 순수하고 온화하다. "그는 피아니스트의 재능을 질투했고, 군인의 흉터를 부러워했다. 그는 그녀의 눈길을 끌 수만 있다면 위험한 병이라도 앓기를 소망했다." 그는 단테가 베아트리체를 사랑한 것처럼 그녀를 사랑했다. "아르누에게 질투를 느끼지 않는다는 것에 그 자신도 놀랐다. 그녀를 상상할 때도 옷을 모두 입고 있는 모습만 떠올릴 수 있을 뿐이었다. 그녀의 순결은 그에게 그 정도로 자연스러웠다." 이렇게 소소하고 섬세한 놀라움과 헌신적인 애정이 책 전체를 가득 채우고 있다. 그리고 절망스러울 정도로 비극적인 장면도 두 장면이 있는데, 서늘한 손이라든지 떨림을 억누르는 모습이 아주 조심스럽게 묘사되어 오히려 그 장면이 갖는 힘에 더욱 저항할 수 없게 된다. 프레데릭이 낯선 여자의 품에서 흐느끼는 장면 말이다. 그리고 잘 알려진 마지막 장면, 머리가 하얗게 센 연인과 재회하는 마지막 4페이지는 프랑스 문학사상 어떤 작품보다도 훌륭하다. 아직 남아 있는 그리움에 열정의 마지막 홍조가 흩어지는 저녁 구름처럼 어려 있는.

삶의 엄격한 관찰자이자 소소한 것의 철저한 기록자인 리얼리스트 플로베르는 자기 안의 이상주의자가 모습을 드러내지 않은 채 잠복해 있던 생애 내내 온갖 수단을 동원해 낭만주의적 영혼의 보고로 향하는 길을 차단했던 것 같다. 이 책에는 믿기 힘들 정도로 지루한 구절들이 있다. 그러나 안쓰러운 이 책의 번역가 루이제 볼프는 맡은 일을 매우 훌륭하게 해냈고, 내가 아는 한 그녀는 거울처럼 매끄러운 플로베르 문학의 빙판 위에서 단 두 번 삐끗했을 뿐이다. 플로베르가 주고받은 서신에 나타난 바에 의하면 이 작품은 그가 그린 최고의 초상이며, 그 형상에는 미학적으로 완벽한 예술가와 부르주아적이고 미관을 해치는 생활환경 사이의 팽팽한 대립에서 비롯된 발자크적 비극이 이를테면 확정적으로 아로새겨져 있다. 그런 연유로 이 작품을 재미에 연연하지 않고 읽는다면 깊고 깊은 인생의 쓴맛에서 흘러나온 단맛을 분명 맛볼 수 있을 것이다.

루소의 『에밀』*

　　장 자크 루소에게 세계의 변혁은 언제나 옳다. 사회
질서가 뒤죽박죽이 될 때마다 그 사회와 관련하여 깊이 묻
혀 있던 문제들이 표면으로 올라온다. 한 시대가 국가와 인
간의 가장 기저에 있는 토대를 건드리고, 전통을 무너뜨리
고, 규칙을 흔들 때마다 그는 전령이 되고 충고자가 된다.
그럴 수 있는 이유는 그가 항상 시간의 흐름과 무관한 곳
에 서 있기 때문이다. 인권의 영원한 변호인으로, 어떤 사
회도 완전히 충족시킬 수 없고 완전히 부인할 수 없는 눈에
보이지 않는 법의 증인으로 그는 서 있다. 루소는 항상 맨
처음부터, 그리고 외부에서부터 시작한다. 그의 힘은 마치

---

* 요약본에 붙이는 서문.

지렛대처럼 대상의 바깥쪽에서 작용하며, 어느 한 시기에 갇혀 있지 않고 영속하는 인류 안에 있다. 그는 자기 세대와 그 자신이 속한 국가 질서에만 대항한 혁명가가 아니며, 그보다는 공동체에 맞서는 개인 인격의 반항을 지속적으로 지지하고 자유를 쟁취하려 투쟁하는 인류를 영원히 수호하는 수호자 같은 인물이었다. 혁명은 그를 인권의 아버지로 내세웠고, 국민의회에서의 연설은 그의 이름을 불멸하는 것으로 새겼다. 그러나 반대 세력은 무정부주의를 탄생시킨 사상가인 그의 시신을 판테온에서 끄집어내 갈기갈기 찢어 남은 것조차 바람에 흩어 버렸다. 하지만 세계에 변혁의 바람이 불 때마다 그의 말과 정신은 부활한다.

장 자크 루소의 사상은 모두의 안에 있으며 특정 시대의 것으로 분류되지 않는다. 18세기 당시 그는 오늘날 의회나 편집부에서 일하는 사람처럼 혁명 전 구체제의 사교계에 알려진 인물이 전혀 아니었다. 그가 문제를 바라보는 시각은 독특하게 모순적이고 매우 고유한 것이었다. 마치 자연인처럼, 몽테스키외의 『페르시아인의 편지』*처럼. 그는 모든 것을 여태 아무도 그것에 대해 말한 적이 없는 것처럼 말한다. 아무런 전제 없이, 관습에 구애받지 않고, 외경심 없이, 마치 그가 이 세상 최초의 인간인 양. 이것이 그의

---

*몽테스키외가 1721년 익명으로 발표한 서간체 소설로, 페르시아라는 외부의 눈과 입을 빌려 프랑스 사회 내부의 문제점을 비판한 내용이다.

성취였다. 그리고 이것이 바로 그가 펼친 사상의 가치를 영원하게 만드는 요소다. 인류의 가장 중요한 문제들을 시대적 제약 없이 바라보았던 그와 더불어 우리가 그 문제들을 바라보기만 하면 늘 새롭고 소모되지 않는 시각을 가질 수 있다는 점 말이다. 그에게는 무언가 인류 최초의 어린아이와 같은 면이 있었다. 이유는 알 수 없지만 절대 시들지 않는 순진성이 탁월한 논리력과 뒤섞여 있고, 지적인 예술성과 거의 동물적이라 해도 좋을 벌거벗은 인간다움이 혼재하는 이원성이 그의 작품 『고백록』을 전 시대에 걸쳐 가장 놀라운 심리학 저술로 만들었다. 문학이나 심리학이나, 문화에 관한 것이나 국가에 관한 것이나, 모호하고 교양 없고 미성숙하고 아마추어적으로 시작한 모든 분야에서 그는 혁명을 일구어 냈다. 그의 사상은 미국과 폴란드 등에서 국가의 구조를 세우는 데 도움을 주었고, 미라보나 로베스피에르 같은 연설가에게 논거를 주었으며, 칸트부터 카를 마르크스에 이르기까지 철학자의 테제가 되었고, 괴테 같은 시인에게서는 문학의 형태로 나타났다. 두 세기 동안 그는 끊임없이 모습을 바꿔 가며 모든 곳에 영향을 주었다. 그리고 인간이 스스로를 성찰하는 시대라면 언제라도 새로이 나타나, 공동체의 문제들을 해결해 나가며 새 형태를 빚어

가는 시작을 이끌었다.

그의 작품은 시대를 초월한다. 그러나 모든 작품이 그런 것은 아니다. 그가 내세운 도덕적 명제들은 시간이 지나며 자연스럽게 충족됨으로써 스스로에 의해 부분적으로 추월당하고, 지나치게 엄격한 기준을 요구함으로써 부분적으로 낡은 것이 되었다. 맞는 말이었던 어떤 것은 오늘날 이미 당연한 것이 되었고, 틀린 말이었던 어떤 것은 더이상 써먹을 수 없는 것이 되어 치워졌다. 『사회계약론』과 『인간 불평등 기원론』은 역사적인 선언이었지만, 여전히 생명력을 가진 책이라고는 할 수 없다. 그 사상은 근대국가를 지탱하는 단단한 벽이 되었으나, 모든 건물의 주춧돌이 그렇듯 눈에 보이지는 않는다. 그가 촉발한 정치적 종교적 논쟁은 이미 잊혔고, 그가 쓴 오페라의 기묘함은 어떤 가치나 위계도 갖지 못한다. 오로지 예술 작품만이 시대를 초월해 살아남을 뿐, 사상은 건물의 기초와 같아서 스스로 상부구조가 될 수 없다. 예술은 기념물로 남아 홀로 영원의 지평선 앞에 우뚝 서거나 혹은 망각의 땅 속으로 가라앉는다.

루소의 저작 중에서도 예술 작품만이 우리에게 남았다. 창작과 진실에 관한 불멸의 기록인 『고백록』과 두 소설, 즉 교육적 내용인 『에밀』과 연애소설인 『신엘로이즈』

가 그것이다. 두 소설은 한때 세상을 뒤흔들었다. 두 소설이 각기 정신의 혁명과 감정의 혁명을 야기했다(이 놀라운 사람은 펜대를 들 때마다 혁명을 일궈 낸다). 사람들은 한 세기를 두 소설에 열광하며 보냈고, 그것은 수많은 창작의 본보기가 되었다. '신엘로이즈' 없이는 '베르테르'도 없었을 것이고, '에밀' 없이는 '빌헬름 마이스터'도 없었을 것이다. 바이런과 마담 드 스탈을 비롯한 낭만주의 세대는 모두 감동으로 부드러워진 마음으로 제네바 호숫가 풍경 속에서 창조된 인물들의 흔적을 찾아 헤맸다. 두 소설과 함께 시작된 것은 새로운 문학만이 아니라 새로운 사랑, 자연, 감성의 느낌이었다. 그 시대에 두 소설이 끼친 전례 없는 영향력은 오늘날의 우리가 상상도 할 수 없는 것이었다.

그러면 지금의 우리에게는 어떨까? 두 소설 중 어느 것이 지금 우리 세계에서도 그 가치를 인정받고 있을까? 『신엘로이즈』는 연애소설이자 감정에 관한 소설이다. 『에밀』은 교육소설이자 사상에 관한 소설이다. 지금 사람들은 감정은 지속되는 것이고 사상은 변하는 것이라고 말한다. 그렇지만 이보다 더 틀린 말은 없다. 어떤 사상도 영영 소멸되지는 않는다. 사상은 시대에 따라 별로 중요하게 여겨지지 않을 때도 있지만, 마치 수정처럼 그대로 남아 있다. 반면 감정은, 아니 더 정확한 표현으로 감정의 형식은 시들고 쇠한다. 우리는 지난 시대의 정신은 이해할 수 있지만 그 시대의 감정은 결코 이해할 수 없다. "아름다운 영혼들"의 소설이라는 『신엘로이즈』는 오늘날 우리에게 매우 낯설다. 우리 안의 그 무엇도 이 극도로 과장된 편지글의 감상주의와 상응하지 못하고, 풍경마저 클로드 로랭이나 푸생의 그림처럼 생기 없고 왜곡된 것으로 느껴진다. 이 소설을 불완전하게 만드는 지나친 날카로움, 감상성, 신파성은 옛 감정의 후손인 오늘날의 감상주의자에게조차 지루하고 부자연스러운 것으로 보인다. 사람의 마음이라는 것은 겨우 두 세기 만에 우리가 짐작하는 것보다 더 많이 변한다. 이런 책을 통해서만 우리는 그렇다는 사실을 정확히 알 수 있다.

그에 반해 『에밀』은 사상에 관한 소설이다. 한 시대의 사상은 다음 시대에 틀린 것으로 비춰질 수 있으나 완전히 알 수 없는 것이 되는 경우는 결코 없고, 밀물과 썰물처럼 떠나갔다가도 다시 밀려온다. 어제 이미 죽은 것이 내일은 진실이 되기도 한다. 그리고 『에밀』에는 그런 지난 진실이자 동시에 미래에 속하는 것이 많이 담겨 있다. 영원히 현재적인 가치를 갖는 것이 많이 담긴 까닭은 그 이야기가 지상의 인간이 영원한 것 사이에서 살아가는 내용이기 때문이다.

　오늘을 살아가는 우리가 이 진지하고 폭넓은 작품이 당대에 미쳤던 폭발적인 영향력을 짐작해 보기란 어려운, 아니 차라리 불가능한 일이라고 말하는 것이 옳을 것이다. 궁정 신하의 집에서 쓰여 비밀리에 인쇄된 이 책이 1762년에 발행되자마자 프랑스 정부는 작가를 잡아들이라 명했고, 이에 따라 스위스로의 망명 기회도 사라졌다. 책은 공식적으로 '그랑 팔레'의 계단에서 불태워졌고, 제네바에서 평의회도 같은 판결을 내렸다. 제네바가, 하나의 공화국이 그 책으로 인해 붕괴했고, 북미의 다른 한 공화국은 그 책으로 인해 소생했다. 어느 왕은 항변하기 위해 『안티-에밀』을 쓰려고 책상 앞에 앉았고, 쾨니히스베르크의 이마누엘 칸트는 이 책을 읽느라 40년 만에 처음으로 매일 하던 산책을 잊었다. 모티에에서는 농부들이 루소의 창에 돌을 던졌으며, 프랑스의 공작부인들은 감동의 눈물을 쏟고 다시 아이들에게 직접 젖을 먹이기 시작했다. 온 문학계가 혼란을 마주하고, 삶의 경향이 변하고, 여왕들은 "자연으로 돌아가고", 양치기 소녀들이 트리아농궁전에서 뛰놀고, 그러는 동안 이 책은 미래에 자기를 고발할 사람들과

국민의회가 장광설을 받아쓰게 했다. 그의 다른 모든 책과 마찬가지로 『에밀』은 글로 쓰인 혁명으로, 사유와 도덕과 신앙의 전복을 담고 있었다.

당연한 호기심으로 오늘날 우리는 이 작품에 숨겨져 있다는 폭발물을 찾아본다. 그러나 찾지 못한다. 요약되지 않은 『에밀』에는 꽤 매혹적이고 놀라운 부분이 많지만, 우리에겐 너무 길고 지나치게 상세한 교육학-철학 서적이라 결코 폭동의 불씨가 될 수는 없을 것처럼 보인다. 일생에 질서라고는 없었으며 일정한 직업도 가져 보지 않은 사람이 교육 이론을 화려한 논리로 설교한다는 점, 자기 아이 다섯을 파리의 고아원에 버려 놓고 영영 거기 두는 것 말고 다른 방법이 없었다고 변명하던 아비가 우연히도 청소년을 세심히 돌보는 것을 인간의 기본 의무로 들고 있다는 점이 우선 역설적이다. 개별 논증에도 모순된 점이 있으나, 그 정도는 교육학 분야의 최고 걸작이 지닌 대담성으로 그럭저럭 무마된다.

그러나 이 책은 사실 교육학이라는 가면을 쓰고 있을 뿐이다. 이 책은 어린이를 다루는 것이 아니라 온전히 인간을 다룬다. 인생의 시작 단계만 이야기하지 않고, 모든 문제의 시작(그러니까 그 뿌리)을 이야기한다. 이는 곧 각 개인이 세계와 관계를 정립하는 과정을 보여 준다는 말이다. 아이가 부모 혹은 교육자와 관계를 정립하는 것은 한 국가에서 성장한 시민이 국가와 관계를 맺는 것, 그 국가의 제정법이나 관습과 관계를 형성하는 것의 비유다. 이 작품의 정수인 「사부아 사제」에서는 그것이 인간과 그가 믿는 신 사이의 관계로 나타난다. 신과의 관계가 아니라 '그의' 신과의 관계로 말이다. 이 작품에서 인간은 루소가 최초로 부여한 자유로울 권리를 갖는다. 자신의 신을 스스로 만들 수 있는 권리를.

루소에게 세상은 늘 새롭게 시작된다. 그는 마치 스스로는 인간이 아닌 양 무자비할 정도로 외부자의 시각을 견지한다. 루소 이전에는 신분과 계급, 원칙과 종교와 전통에 따른 사고가 있었다. 그런데 루소는 예의범절에서 자유로운 인류의 원형이 되어 도덕에 관해 숙고한다. 제네바의 가난한 동네에서 시계공의 아들로 태어난 루소는 그 사회의 틀 전체를 들어내 낱낱이 분리한다. 모든 문제를 거꾸로 뒤집어 그 기저에 깔린 것이 샅샅이 드러나게 만든다. 이것은 근본적인 관찰이기에 시간의 축에서 벗어나 있어 모든 시대에 적용할 수 있고, 특히나 이미 언급했듯 도덕에 관한 서로 다른 관점이 지진처럼 문화의 틀을 뒤흔드는 시기라

면 특별히 더 유효하다. 『에밀』은 권리, 특히 '인권'의 옹호
문이다. 에밀의 국가는 법을 위해 인권 옹호론을 앞에 내세
웠고, 늘 도덕에 의해 점차 화석화되고 본래의 신선한 유동
적 형태를 잃어버려 스스로의 힘으로 사회를 교정해야만
했던 모든 시대가 또한 그렇게 했다. 움직이는 자유를 깨달
은 젖먹이가 더 이상 강보에 싸여 있기를 거부하듯이, 그는
우선 시민들이 매번 규제와 충돌하는 그들의 자유를 직시
하도록 했다. 먼저 그는 시민(사회적 인간)의 의무와 개인
(자유로운 인간)의 권리를 합치하는 것이 고대 그리스 이
래로 얼마나 어려운 일이었는지 새로이 발견케 했다. 그가
이 주제에 관해 이야기한 모든 것, 특히 전쟁을 치르며 그
둘의 관계에 더해진 무게에 관해 쓴 부분은 마치 지금 우리
시대를 위한 것 같다. 그가 갈망하는 유토피아는 현실에서
실현될 가능성 너머에 존재하므로 영원히 도달해야 할 지
향으로 남는다. 모든 국가에서 시민계급의 전유물로 여겨
지는 지성을 주춤하게 하는 요구들은 이 책에서 발가벗겨
져 선명하게 제시된다. 그리고 평화롭고 자유로운 민중연
합을 향한 유럽 사회의 단결이라는 오늘날의 이상을 그는
여기서 이미 확립한다. 어떤 불멸의 명작도 이 책만큼 이후
의 특정 시대가 맞닥뜨릴 상황을 정확히 묘사하지는 못했

다. 자연으로 회귀하는 사유란 우리 자유와 권리의 시원으로 돌아가 사유한다는 의미다. 그리고 그곳에서 다시 하나의 새로운 세계가 시작되는데, 이 책은 그 세계를 포기할 수 없었을 것이다.

첫 번째 '세계인'에 관한 이 불멸의 책에는 그러나 이미 오래전 생명을 다한 내용도 많다. 이런 것들에 생기를 부여하기 위해 우리에게는 너무 버거운 그의 넓은 식견이라든지 주제를 벗어난 수다스러움을 보여 주는 부분은 새로운 기준에 의해 부득이하게 배제될 수밖에 없었다. 이 판본은 한편으로는 한층 진보된 우리의 지식수준과 도덕관념으로 당연하게 여겨지는 것을 제외하고, 다른 한편으로는 새로운 연구에 의해 근거 없는 것으로 밝혀진 것을 제외해 시대를 불문하고 유효한 심리학적 깨달음과 주장만 남겨 놓고자 시도했다. 이 요약본을 읽는 독자는 정말이지 견디기 힘들 만큼이나 전체적으로 장황한 작품을 견디어 내는 수고를 치르지 않고도 『에밀』을 온전하게 이해했다는 안정감을 느낄 수 있을 것이다. 후반부의 소설적인 부분은 거의 그대로 남아 있는데, 굉장한 자기 고백인 「사부아 사제」 부분도 그렇다. 기본적으로는 교육학적인 디테일로 지나치게 빠져든 부분이 축약되었고, 장식적 기능에 한정된 부분과 논리적 연결성이 취약한 부분의 일부가 배제되었다. 한 시대의 작품이 가진 영원성이란 오로지 그때에만 적용할 수 있었던 논의를 골라내 일반적으로 통하며 모든 시대에 적용할 수 있는 것으로 재구성할 때에 살려낼 수 있다. 우리가 사는 시대에 더 고차원의 교육이 필요하다면, 그것은 사람의 내면에서, 처음의 처음으로부터 시작되어야 한다. 그리고 이 처음이 종결되는 것은 계급적 의미의 '시민' 안에서가 아니라 다시 사람의 내면에서, 자유로운 한 사람의 내면에서일 것이다.

스탕달, 독일로 돌아오다

"나는 1900년에 유명해질 것이다." 전 법관이자 기병대 장교였던 앙리 벨, 스탕달로 알려진 그는 동시대 사람들의 무관심에 낙담하여 스스로 성공의 시기를 점치며 연도까지 정확히 지정했다. 괴테는 그를 바이런같이 재치 있고 대화에 능한 사람으로 여겨 존경을 표했지만, 대가의 짧은 열광 이후 이 프랑스의 첫 심리소설 작가는 우리에게서 완전히 잊혔다. 괴테와 뮐러 수상이 나눈 『괴테와의 대담』이 새 판본으로 출간되었을 때 그의 이름이 "Stendhal"이 아니라 "Stendal"로 오기되었음에도 몇 년 동안이나 어느 누구도, 어느 지식인도 이 부적절한 무지를 교정하는 데 아무

관심이 없을 정도였다.

1880년경이 되어서야 독일 내에서 그를 충실히 읽는 독자가 다시 나타났다. 프리드리히 니체는 스스로 말한 바에 따르면 스탕달의 소설 두 편을 60번 내지 70번은 읽었으며, 심리학적 측면으로는 오직 도스토옙스키만이 그를 능가할 만한 작가라고 생각했다. 니체의 나팔 덕에 문학계의 기억이 다시 깨어났다. 그리고 새로운 세기가 시작되는 바로 그 시점에 — 어쩌면 그는 자신의 운명을 이렇게까지 정확하게 예측했는지! — 이미 오래전에 절판되어 구할 수 없는 첫 번째 전집이 디드리히 출판사에서 출간되었다. 근래에는 세 곳에서 출판되어 스탕달의 세 가지 면을 가감 없이 보여 주었는데, 프로필레엔, 인젤, 게오르그 뮐러가 그 출판사다. 파리에서는 샹피옹 출판사가 대대적인 기념판을 준비하고 있는데, 다만 최근 그르노블 도서관에서 초고 묶음이 발견된 충격을 아직 소화시켜야 한다는 소식이다.

그가 당시 소설의 제목 아래 직접 달았던 다소 체념적인 헌사는 "To the happy few"*다(대체로 민감한 번역가인 아르투어 슈리크가 길게 생각하지 않고 "행복한 드문 이들에게"로 직역한 것을 나는 "이 책을 알아본 드문 이들에게"로 바꾸어 번역하고 싶다). 이 헌사는 오늘날 다시 유효

---

* 『파르마의 수도원』에 쓰인 헌사.

해졌을지 모르지만, 1921년에는 전혀 적합하지 않았다. 한편으론 모든 도서관에서, 모든 언어로 그가 쓴 작품 중 가장 훌륭한 두 편의 소설과 학술 논문인 「연애론」이 퍼져 나갔지만, 다른 한편으론 낭만주의적 심리학자 혹은 심리학적 낭만주의자인 그 유희적이고 불안해하고 반쯤은 내성적이고 반쯤은 협잡꾼 같은 인물을 정말 영혼 깊숙이 친밀하게 느끼는 무리가 오늘날에도 매우 드물 것이기 때문이다. 전 유럽에 아마 수십 명이나 될까, 이 스탕달의 광팬들이 보이는 유일한 특징은 무난하게 공개된 동아리나 클럽을 꾸리기보다는 비밀스러운 스탕달 연합을 만들었다는 점이다. 한 해 한 해 삶의 기록을 더하며 "알아본 드문 이들"에게 새로운 책을 선사하기 위해 프리메이슨 활동에 열심이었던 스탕달처럼 절반은 유령 같고 절반은 현실 같기도 한, 침투가 어렵고 도무지 파악하기 힘든 조직을 만든 셈이다. 이 클럽을 누가 어디에 어떻게 조직했는지는 파리 현지에 가서도 정확히 알아낼 수 없었다. 카시미르 스트리엔스키라는 폴란드 사람이 이 단체의 대표이고, 독일 내에서 가장 열심히 활동하는 유능하고 열정적인 사람이 아르투어 슈리크인데, 자신보다 더 위대한 정신을 향한 그의 지칠 줄 모르는 헌신 덕에 우리는 이 귀중한 작업의 결과물을 누릴 수 있게 되었다. 하지만 이렇게 스탕달의 삶을 잘 안다고 하는 그도 아직 잘 다듬어지고 완성된 스탕달의 전기는 쓰지 못했다. 우리는 아직도 스탕달 삶의 미로 안에 있으며, 출구가 얼마나 멀리 있는지 알지 못한다. 가면 뒤 가면, 샛길과 잘못 든 길, 온갖 코스튬으로 치장한 가장행렬, 그 뒤에 스탕달이, 이 변신의 귀재가 자신과 그가 사랑하는 인물들 속에 숨어 있다. 그와 관련된 자료에 기재된 그 무엇도 확실하거나 명백하지 않다. 가령 그가 원고에 날짜를 썼다면, 그것은 상상 속의 연구자를 헷갈리게 하기 위해 일부러 쓴 틀린 날짜라는 데에 내기를 걸어도 좋다. 어떤 장소를 적었다면, 그것은 분명 다른 곳일 것이다. 자기 묘비에도 진짜 출생지인 그르노블 대신 밀라노를 새기게 한 그다. 그는 항상 마녀의 구구단*을 외웠다. 그렇게 해서 그의 흔적이 남은 모든 편지와 문서와 책은 스탕달 연구자에게 풀어야 할 영원히 매혹적인 수수께끼가 되었고, 여태껏 그렇게 남아 있다.

그런 이유로 스탕달 같은 대담무쌍한 변장의 귀재에 관해서는 검증을 거치지 않고 사실로 받아들일 수 있는 것이 전혀 없다. 자서전이나 서신, 일기에서 발췌한 부분마저도 그렇다. 왜냐하면 개방적인 성격이나 스스로에게 무

---

* 괴테의 『파우스트』에 나오는 구구단으로, 셈법이라기보다는 숫자와 풀기 어려운 수수께끼를 나열한 것이다.

자비할 정도로 엄격했던 성향에도 불구하고 스탕달은 "한결같이 진실하기"에는 너무 변덕스러운 사람이었기 때문이다. 그의 고백은 가끔씩만 솔직했다. 심리학자로서도 그는 이탈리아어 "딜레탕트"**의 단어적 의미 그대로 너무 서툴렀는데, 그 학문 자체를 오직 자신의 즐거움을 위해 연마했지 정말로 학구적으로 파고든 것은 아니었기 때문이다. 그는 아주 확신하는 태도로 그렇게 아무 걱정 없이 함부로 엉터리를 떠벌리고서, 바로 다음 순간 분명한 의식하에 의도적으로 어떤 사실을 왜곡하고 은닉한다. 그렇기 때문에 스탕달이 스스로를 언급했던 다양한 파편을 모두 모으고(소설에 등장하는 것은 제외하고), 더불어 그의 주변 사람들이 남긴 자료 중 중요한 가치가 있는 것을 모아 한눈에 들어오도록 나란히 배치해 『어느 괴짜의 삶』이라는 책으로 묶어 낸 아르투어 슈리크의 착안은 매우 훌륭했다고 본다. 그러니까 이 책은 전기이면서도 전기이고자 하는 의도가 없는, 그렇지만 단지 표면적인 것에 머문 역사학자 아르튀르 쉬케의 유명하고 두꺼운 버전의 전기에 비해 일화를 나열하는 방식으로 쓰인 백배는 더 재미있고 시사하는 바가 많으며 진실에 가까운 책이다. 그는 뛰어난 능숙함으로 스탕달이 자기 자신에 관해 표현한 것을 선별했다. 매

** '아마추어적인'이라는 뜻.

년 "너 자신을 알라"라고 새겨진 메달을 수여하는 '영혼의 연구를 위한 스탕달 상' 제정을 원한다는 유언을 남긴 인물이기에 그 표현의 양이 적지 않을 것은 물론 예상할 수 있는 일이다. 결국에는 부담스럽게 느껴질 정도까지 자기 자신을 탐구하고 관찰하는 것, 본질적으로는 그것이 그저 헐렁하게 세상을 살았던 이 산책자의 유일한 쾌락이고 열정이었다. 문학이나 성공, 예술 따위에는 그다지 흥미가 없고, 스스로를 "에고이스트"라 부른 그의 유일한 관심거리는 자신을 비롯한 온갖 것이 스스로의 표면에 어떻게 투영되는가 하는 것이었다. 그리고 투영된 여러 상과 셀 수 없는 사소한 표현들로부터, 심리학적으로 매우 예리하며 스탕달 예찬론자들을 비롯해 앞으로 그렇게 되고자 하는 모든 사람에게 잊을 수 없는 인상을 남기는 어떤 이미지가 형성되었다.

더불어 그의 이 가장 아름다운 소설, 인생 최고라 불러도 좋을 소설의 세 가지 독일어 판본이 멋진 경쟁을 벌이고 있다. 오펠른브로니코프스키가 번역한 프로필레엔 출판사 판본, 인젤 출판사의 소설 전집 중 한 권으로 슈리크와 다른 이들이 번역한 판본 그리고 프란츠 블라이와 빌헬름 바이간트가 펴낸 게오르그 뮐러 판본이 그것이다. 이 세

판본은 일단 대략 비슷한 너비의 걸음을 뗀 것으로 보이나, 개인적인 의견으로는 프로필레엔 판본의 환상적인 장정, 매력적인 제본, 훌륭한 인쇄, 읽기 편한 판형에 점수를 더 주고 싶다. 번역은 아르투어 슈리크와 프리드리히 오펠른 브로니코프스키의 것이 적절한데, 원문을 잘 보존한 이 두 번역가가 스탕달 번역에 특별히 큰 공로를 세웠다고 할 수 있겠다. 흘깃 비교해 본 것이긴 하지만, 게오르그 뮐러 판본의 루돌프 레비와 에르빈 리거의 번역 또한 일정 수준에는 도달한 것 같다. 이 세 거울에서 우리 시대의 낭만주의적 인물들이 빛나고 있다. 이것으로써 당시 "내가 쓴 책은 복권 같은 것이다. 1900년에 그 책들을 새로 찍으면 재평가를 받을 것이다"라고 썼던 치비타베키아*의 무모한 복권 구매자는 적어도 독일 내에서는 그 대담한 장담이 운 좋게도 실현되었음을 자랑할 수 있을 것이다. 그가 얻은 요행수, 즉 세 판본으로 출간된 소설 덕에 불멸이라는 상금이 걸린 복권에 당첨되었다고.

---

* 이탈리아 중부 라치오주 로마현의 항구도시. 스탕달이 영사로 부임하여 7년간 머물렀다.

타고르의 『사다나』

◆ =젊은 소설가

◇ =노老소설가

◆ (지인의 집으로 들어서며) 제가 방해한 것은 아닌지
   모르겠네요.

◇ (읽던 책을 내려놓으며) 전혀 아닐세.

◆ 무슨 책인가요?

◇ 라빈드라나트 타고르의 철학적 시집 『사다나』라네.
   이제 막 쿠르트 볼프가 독일어로 번역해 출간한 책
   이지.

◆ 지금 그걸 읽을 마음이 드시나요? 전 도무지 이해가 안 갑니다.

◇ 내가 타고르의 새 책을 읽고 싶어 안달이 나면 안 되는 이유라도 있나? 그리고 어째서 이런 욕구가 갑자기 그렇게 이해하기 어려운 것이 되어 버렸지? 겨우 두 달 전 자네와 내가 여기 이 방에 앉아 「길 잃은 새」를 읽을 때 자네도 나처럼 그 시의 맑은 단순함에, 생소한 것으로부터 스스로 새로운 멜로디를 창조하는 간결한 시적 연결이 빚어내는 고귀하고 순수한 의미에 매료되지 않았던가? 우리는 둘 다 읽을 만한 유럽 시문학이 뜸한 와중에 때마침 이 새로운 리듬이 등장한 것을 기쁘게 생각했고, 내 기억이 틀리지 않다면 바로 자네가 이 시에서 새로운 종교성의 등장을 예견하지 않았던가.

◆ 그건 맞습니다. 그때 저는 라빈드라나트 타고르가 정말로 일종의 계시라고 느꼈습니다. 아마 1-2년 뒤엔 다시 읽을 수 있을지도 모르겠지만, 지금 바로 이 시점에서 그를 공정히 대한다는 건 제겐 불가능한 일입니다. 지금 저는 여기저기서 그의 이름이 불리는 걸 도저히 참고 들어줄 수가 없고, 수십 개의 책 봉투에 찍힌

그 인도 마법사의 행복해 보이는 미소를 보지 않으려고 모든 서점 앞을 지날 때마다 크게 돌아가곤 하니까요. 전차나 기차를 탔을 때 철도 안 든 애들이 그의 시를 읽는 모습을 — 기차 안에서 말이에요! — 보는 것도 지긋지긋하고요. 그럴 때마다 전 다름슈타트 사람들이 마치 우상숭배를 하듯 축제 분위기에서 그를 세계적인 시인이라 치켜올리는 꼴을 악의적으로 비웃지 않기 위해 노력하느라 온 힘을 다해야만 합니다. 제가 참을 수 없는 건, 저만 좋아했던 무언가가 갑자기 사람들의 시선을 끌어 시시껄렁한 대화의 주제가 되고, 제가 흠모했던 시인이 어디선가 주목받지 못해 안달하는 것처럼 소란스럽게 연출되고 있다는 겁니다. 계속 그런다면 저는 그에게서 등을 돌리고 시집도 맨 아랫서랍에 처박아 둘 겁니다.

◇ 그러니까 자네는 작품에 대한 책임이 그 영향력에 있고, 한 작가에 대한 책임이 그 추종자들에게 있다고 생각하는군. 자네가 150년 전에 살았더라면 베르테르처럼 차려입고 멋이나 부리는 무리 때문에 괴테를, 런던 사교계의 맹수가 되어 10년 동안이나 호령했다는 이유로 바이런을 한 줄도 읽지 않았겠구먼. 독일에 저서

를 10쇄 이상 찍은 작가를 멍청이라느니 사기꾼이라느니 하며 헐뜯는 행태가 있다는 건 알고 있지만, 난 거기에 동조하지 않을 걸세. 내가 어떤 작가를 나만의 예술관으로 선명하게 판단해 신뢰하게 되었다면, 그가 큰 성공을 거둔다 하더라도 그를 불신하는 쪽으로 급히 돌아서지는 않겠네.

◆ 저 또한 그를 의심하는 것은 아닙니다. 그보다 실은 저 자신을 불신해, 혹 내가 그때 완전히 새로운 그의 등장에 열광하여 그를 지나치게 높이 평가한 것은 아닌가 생각해 보는 것이지요. 어떤 시인의 시집이 독일에서 1년 만에 7만 부가 팔렸다면, 그것은 저에게 그 시인을 감시해야 한다는 경고로 들립니다. 희석되어 묽어진 것만이 넓게 퍼져 흐르는 법 아닌가요. 괴테의 『서동시집』은 50년 동안 팔린 부수를 다 합해도 보덴슈테트가 빈약하게 만들어 낸 모조품인 『미르자 샤피의 노래』가 5개월 동안 팔린 숫자에도 못 미칩니다. 이런 논리로, 독일에서 많은 이의 입맛에 그토록 잘 맞는다는 사실에 비추어 처음에 나를 매료시켰던 라빈드라나트 타고르 작품 안의 인도가 실은 그런 식의 싱거운 처방은 아닐지, 설탕범벅인 맹물 같은 것은 아닐지 자문

하는 것입니다. 독일에서 불교에 대한 인식이 갑자기 높아진 배경에 이 작품이 있다는 사실이 썩 개운한 일은 아니라는 걸 선생님도 인정해야 할 겁니다.

◇ 유쾌한 일은 아니지만, 그래도 충분히 납득은 가는 일이네. 내 이야기를 하자면, 나는 몇 년 전부터 그 이전엔 내 사고 영역에서 절대적으로 멀리 있던 인도 시인과 철학자를 매우 집중적으로 살펴보고 있네. 내가 보기에 인도 시가 갑자기 인기를 얻은 현상은 전쟁을 겪으며 우리 의식으로 강렬하게 밀려 들어온 세 가지 근본적인 문제, 즉 폭력, 힘, 소유에 관한 문제를 인도인만큼 독특한 시각에서 깊숙이 그리고 인간적으로 바라본 나라가 없다는 사실에 기인한 것 같네. 거기서는 우리가 지금 맞닥뜨린 문제가 자명한 확고함으로 해답을 얻을 것 같다고, 우리의 활동과 체계, 광란 같은 전쟁, 국가주의에서 비롯한 광기는 말하자면 외부에서, 다른 사고와 감각을 지닌 지구 반 바퀴쯤 떨어진 곳에서 명료하게 바라볼 때에야 제대로 설명된다고 느끼기 때문이지. 그래서 이 역사 깊은 깨달음이 유효하다는 것을 살아서 몸으로 증명하고 또 새로이 부활시키는 라빈드라나트 타고르가 개개인은 물론 그 집

단인 대중도 그토록 불가항력적으로 매혹하는 거야.

◆ 그런 형이상학적 접근 방식 자체에 이의가 있는 건 아닙니다. 오히려 그 반대로 전 타고르가 그렇게 큰 영향력을 갖게 된 것, 즉 국가주의를 거부하고 본성에서 우러나는 높은 도덕성을 발산해 드디어 한 작가에게 문학적인 것에 한정되지 않은 권력을 돌려주게 된 것이 도덕적 인물이 결핍된 이런 시대에 드문 행운이라고 생각합니다. 제가 갖는 불신은 다만 그의 문학성이나 성공에 대한 그의 의지에 관한 겁니다. 선생님도 대중이 예술을 판단할 때 본질적인 것을 부정하고 비슷하게 모방한 것만 반긴다는 사실을 외면하지는 않으시잖아요. 시인의 어떤 면에 대중이 긍정적인 신호를 보낸다면 그 지점이 바로 의심스러운 것 아닌가요?

◇ 나 역시 다수의 대중이 예술을 판단할 때 어김없이 이류를 선택한다는 의견에 전적으로 반대하는 것은 아닐세. 대중은 시대를 불문하고 절반만 진짜인 것, 편안한 것, 장밋빛이 도는 것, 모방한 것에 열광해 왔지. 하지만 어떤 부분에서 우리는 다수의 대중을 무시하면 안 되네. 이는 그들의 본능에 관한 얘기야. 사람들은 어느 시인이 자기를 위한 시를 쓰는지, 누가 자신의

쓸모에 부합하며 자신에게 선의를 품고 시를 쓰는지, 누가 자신에게 도움을 주려 하는지, 누가 자신이 쓰는 한 줄 한 줄마다 인간적인 것을 생각하는지 탁월하게 구분할 수 있네. 이 타고난 본능은 오로지 대중 자신만을 위해 작동하기 때문에, 예술에서 상상할 수 있는 최고의 개념이라든지 예술적 완성도를 추구하며 창작하는 예술가에겐 차가운 반응을 보이게 만들지. 길거리에서 개들이 개를 좋아하는 사람을 알아보고 갑자기 달려드는 것과 같은 거야. 그는 아무런 알아챌 만한 신호도 주지 않았는데 말일세. 그런 식으로 사람들은 무의식중에 한 시인이 쓰는 모든 것에서 시인 스스로가 아니라 오직 자신만을 생각해 주는 이에게 신뢰를 쏟게 되는 거네. 톨스토이나 롤랑(자네도 물론 그들의 높은 도덕성을 인정하겠지만)의 거대한 영향력도 이 작가들이 도움이 된다고 사람들이 믿고, 자기한테 직접 말을 걸고 있다는 것을 그 둔탁한 본능으로라도 금세 감지한다는 사실로 설명될 수 있을 걸세.

◆ 그럼 혹시 선생님은 — 아, 말을 끊어서 죄송합니다 — 쿠르츠말러나 헤르만 주더만, 오토 에른스트의 경우는 어떻게 보십니까?

◇　그 경우도 어느 면에서는 비슷하다고 할 수 있지. 그 작가들도 대중을 위해 쓰는 건 마찬가지니까. 단지 대중에게 정신적 차원의 도움을 주기 위해서라는 고상한 목표에서 쓰기보다, 소통을 목적으로 삶을 있는 그대로가 아니라 대중이 보기 원하는 대로만 표현하는 면이 있지. 이 작가들도 ― 물론 그것도 그들의 의지가 아니라 개인적 차원에서 실력이 없어서라고 생각하지만 ― 자신의 낙관주의에 기반해 쓴다기보다는 군중의 것에 기반해 쓰는 것일 거야. 그들은 대중과 함께인 것을 부끄러워하지 않네. 그리고 이런 공통점이 그들을 부정해 봐야 소용없도록 만들지.

◆　선생님의 그 말씀에는 좀 상세하게 반박할 수 있을 것 같습니다. 왜냐하면 제 생각엔 예술에서 가장 순수한 것과 가장 가치 없는 것을 동일선상에 두는 것은 위험하기 때문입니다. 타고르의 경우도 여기서 완전히 떼어 놓고 볼 수는 없다고 생각합니다. 지금 선생님 앞에 놓인 책은, 제 견해가 틀리지 않다면 철학서거든요. 바로 그 지점에서 저는 첫 번째 의문이 듭니다. 이 책이 뭔가 새로운 사상을 담고 있는가, 그리고 그 사상이 사람들에게 자극이 되거나 혹은 그들을 안심시키는

역할을 하는가.

◇ 자네가 '새로운' 사상이라고 하는 것이 어떤 의미인지 내겐 분명치가 않군. 라빈드라나트 타고르가 『사다나』에서 발전시키고 있는 사상은 실은 매우 오래된 것, 심지어 원시적이라고까지 말할 수 있을 정도로 오래된 것이네. 하지만 이렇게 아무 데나 있고 영원한 것 같은 오래된 생각들은 위대한 정신을 가진 사람과 모든 종교와 모든 시인에게서 늘 발견되지 않는가. 그 사상의 내용은 인간이 많은 것을 소유하거나 권력을 차지하기 위해 노력하기보다는 그 자신의 내적 자아, 즉 그것을 통해 신적인 것과 연결되는 진정한 나를 찾기 위해 노력해야 한다는 것이지. 그 오래된 사상이 이 책에 담겨 있다고 봐도 좋다면, 이제 나머지 형식과 표현, 명확성과 시적 구조가 관건일 텐데, 내 견해로 이 책은 그것을 상당한 수준에서 달성한 것으로 보인다네. 이 책에서 신과 총체적인 것, 그리고 '나'의 개념은 모두 고대와 근대의 영적 세계에서 흔히 나타나는 이미지와는 다른 재료에서 이끌어 낸 것이고, 사용한 언어 또한 편안함을 주는 온기와 동시에 냉정한 육체성도 지니고 있네. 그의 시는 가장 단순하고 투박한 사람

의 영혼에 스며들기에도 충분하고, 또한 자네도 아마 인정하게 될 테지만 그것이 자기 민족의 통용어로 쓰였다는 점, 그리고 그 언어에 부족함이 있을지언정 그것을 성직자와도 같은 방식으로 라틴어-그리스어 학술 용어 뒤로 감추었다는 점이 바로 이 작품을 우리 서양 철학서에 맞서는 대단한 적수로 만들었다네. 타고르의 선명한 문학적 어법은 그 자체만으로도 우리 시대의 철학적 세계 전체에 득이 되는 모범 사례일세.

◆ 하지만 저는 마음속에 드는 어떤 의심을 그냥 넘길 수가 없습니다. 그 선명성이라는 것이 결국은 진부함으로 이어지는 길이 아닌가요? 저는 누군가가 이 세계에 산재하는 해소할 수 없는 의문이나 최종적인 어떤 것에 대해 어디에도 얽매이지 않고 공명정대하게 말할 수 있다는 생각은 끔찍할 만큼 위험하다고 봅니다. 그런 깨달음 끝에 영그는 열매는 절대 언어로 결정을 맺을 수 없다고 생각하거든요. 그것을 상식이나 일반적인 의미를 통해 이해한다기보다 오히려 독일 신비주의자들처럼 정확히 어떤 식인지도 모르는 완전히 엉망진창인 상태에 머물면서 어렴풋한 예감으로만 파악하는 게 아닐까 싶은 겁니다. 진짜 철학자는 사고의

선명성을 타고나는 게 아니라 창의적으로 먼저 자기 주변의 일로부터 엎치락뒤치락하며 반경을 넓혀 가는 것 아닐까요.

◇ 자네의 이견은 매우 옳다네. 타고르의 저서에서 거슬리는 것이 있다면 바로 그 수월해 보이는 면이거든. 인류가 창조되는 시점부터 씨름해 온 엄청나게 난해한 개념들을 꼭 요술을 부리듯이, 친절하고 발랄하게, 그 어떤 괴로움이나 격정적인 사고 과정 없이 처리해 버리니까. 죽음과 고뇌, 악한 천성까지도 그는 예의 그 부드러운 손짓으로 쓰다듬어 옆으로 밀어 놓지. 또 하나 자네가 제대로 알고 감지했음을 인정하고 나도 동의하는 건, 이 책에서는 세계가 벌이는 굉장한 연극이 드러나지 않는다는 걸세. 늘 혼란과 불확실함으로 가득한 인간이 열에 들뜨고 절망한 가운데서도 어떻게 세계의 질서와 조화를 위해 투쟁하는지 말이네. 타고르에게 이 조화라는 것은 원래부터 거기 있었던 것인데, 그것이 일종의 피 속에 흐르는 온화함으로, 그가 애초에 타고난 인도인 특유의 부드러운 방식으로 표현된다네. 그리고 그는 이 조화로운 감정을 학생들과 인류에게 계속해서 전달하지.

◆ 그의 가르침이 전적으로 세계를 긍정하는 낙관성을 보여 주는 것도 자연스러운 일이네요. 이런 점이 그의 성공을 설명해 주기도 하는 것 같고요. 사람들이 갑자기 우리가 사는 세계가 가능한 모든 세계 중에 가장 훌륭하다는 미혹의 말을 듣기 원했던 것 아닐까요?

◇ 그것도 맞는 말이야. 타고르의 세계관은 물론 낙관적이지만, 나 스스로는 이미 자네에게 말했듯 그것을 과연 세계관이라 부를 수 있을지 의심하곤 한다네. 오히려 세계를 향한 훈계라고 칭하는 게 맞지 않을까? 타고르가 자신의 저서를 통해 세계를 계몽하려 한 것은 자신을 위해서가 아니라 인류를 위해서, 특히 그가 보기에 길을 잃은 것처럼 보이는 우리 유럽 사람들이 제 길을 찾아가는 걸 돕기 위해서네. 그리고 이렇게 도움을 줄 만반의 준비가 되어 있는 자세가 무엇과도 비교할 수 없는 감동을 주는 것이지. 예컨대 그가 죽음에 관해 말하는 여기 이 부분을 자네에게 읽어 주겠네.

"만약 우리가 죽음에 모든 주의를 기울이고 있다면 세계는 거대한 시체 안치소와 같을 것이다. 그러나 삶의 세계에서 죽음에 대한 생각이란 우리 영혼에 가하는 가장 사소한 폭력일 뿐이다. 그것이 눈에 잘 안 띄는 것이기 때문이 아니라 삶의 부정적인 면모이기 때문이다. 온전한 전체로서의 삶은 죽음을 결코 심각하게 여기지 않는다. 삶은 웃고, 춤추고, 유희하고, 집을 짓고, 귀중한 순간을 모으고, 사랑을 하는 것이다, 죽음을 거스르고서.

오직 자신의 죽음을 맞닥뜨릴 때에만 우리는 거기 있는 공허를 응시할 수 있으며, 그제야 두려움이 엄습해 올 것이다. 죽음이란 단지 삶의 일부에 지나지 않는 것임에도 두려움이 다가올 때 우리의 얼굴은 삶의 온전함을 잃어버리고 만다. 어떤 물건을 현미경으로 들여다보는 것과 마찬가지다. 우리 눈에는 죽음이 그물처럼 보일 것이다. 커다란 구멍을 바라보며 그 사이로 횅한 냉기가 들어온다고 생각할 것이다. 하지만 진실은 죽음이 우리가 마지막으로 맞이하는 현실은 아니라는 것이다. 공기가 파랗게 보이듯 죽음은 검게 보이지만, 공기가 그 안을 헤치고 날아가는 새의 색을 바래게 하지 않듯 죽음이 우리의 현존에 드리우는 색채는 미미하다."

이것이 바로 위로가 아닌가? 병을 앓거나 고통을 받는 누군가가 이런 숭고하고, 순수하고, 일면 분명 진실인

이런 말을 읽는다면 이 책에 대해, 그리고 이런 책을 쓴 사람에 대해 무한히 감사하는 마음을 갖게 될 수밖에 없지 않겠나? 이런 식으로 자네는 이 책의 매 페이지에서, 어쩌면 논쟁거리가 될 수도 있는 깨달음이라 해도 그것을 그렇게 순수한 시적 형태로, 지극히 인간적인 스며듦으로 표현한 문장을 찾을 수 있을 걸세. 그 문장은 자네에게 엄청나게 유익할 것이고, 자네는 위로하려는 의지만 있는 것이 아니라 실제로 대단한 수준의 위로 능력까지 지닌 그에게 불가항력으로 빠져들 걸세. 꼭 모든 게 문학적으로 평가되어야만 하는 것은 아니고, 특히 타고르의 경우 우리는 굳이 그가 얼마나 새로운 형상을 창조해 냈으며 어느 정도로 고유한 것을 창작했는지 따질 필요는 없다고 생각하네. 그저 그의 가장 그다운 모습에 감사하며 그 고귀한 태도와 조화로운 언어와 순수한 인간성이 깃든 숨결을 통해 이미 많은 선물을 전해 준 그를 우리 세계 안으로 받아들이기만 하면 된다네. 항상 비판적인 시선을 견지하긴 해야지. 그렇지만 선의를 가진 사람에겐 감사를 표하세. 자, 이제 나가지. 내가 이 책을 가지고 가는 것을 허락해 주겠지? 아니면 자네는 내가 다른 3만 명의 독일인처럼 타고르의 책을 손에 들고 다니는 걸 부끄러워할 텐가?

◆ 아니요, 절대 그러지 않을 겁니다. 그래도 딱 하나만 부탁드리겠습니다. 제발 그 타고르 사진이 박힌 봉투는 좀 치워 주시겠습니까? 저는 그 순수한 얼굴과 사방에 붙어 있는 치약 광고 포스터에서나 볼 법한 선량한 눈이 어쩐지 불편하게 느껴집니다. 집에서라면 기꺼이 보고 또 보겠지만, 우리가 지금까지 한 모든 논쟁에도 불구하고 길거리 서점에서 보이는 그의 모습은 역시 거슬려요. 그리고 『사다나』는, 타고르의 해를 맞아 저도 기꺼이 읽어 보겠습니다. 선생님에게 빌려도 되겠습니까?

◇ 아니, 그건 안 되네. 『사다나』는 꼭 소장해야 할 가치가 있는 책이니 자네도 직접 사길 바라네. 그것으로 자네가 그 책을 사는 8만 번째 독일인이 된다 해도 말일세.

조이스의 『율리시스』에 관한 메모

❦ 사용 설명서 ❧ 이 어마어마한 소설을 읽는 동안 책을 손에서 한번도 놓지 않기 위해서는 먼저 든든히 기댈 자리를 찾는 게 좋겠다. 이 책은 거의 1,500쪽에 달하고, 납덩이 같은 무게를 자랑하기 때문이다. 그 전에 먼저 검지와 중지로 책에 끼어 있던 "금세기 가장 위대한 산문 작품", "우리 시대의 호메로스"라고 쓰인 광고지를 세심하게 집어 들어, 너무 허황된 기대나 선입견을 갖지 않도록 곧바로 이 소란스럽고 과장이 심한 광고지를 한쪽 끄트머리에서 다른 쪽 끄트머리까지 쭉 찢어 쓰레기통에 던져 버리라. 그러고는 안락의자에 앉아(시간이 오래 걸릴 것이기 때문에) 자신

의 모든 인내심과 정의감을 내면으로부터 끌어올려(화가 날 수 있기 때문에) 읽기를 시작하면 된다.

❧ 장르 ❧ 장편소설이라고 하면 될까? 아니, 결코 아니다. 이것은 영적 세계에서 벌어지는 마녀의 집회이고, 어마어마한 환상곡이며, 불가사의하고 지적인 발푸르기스의 밤이다. 엄청난 속도로 사납게 날뛰고 떨면서, 독창적이고 천재적인 디테일로 압도적인 영혼의 풍경 너머를 파고드는 심리적 영화다. 이중 사유이자 삼중 사유이고, 서로 겹쳐져 느껴지고 마구 뒤섞여 느껴지고 엇갈려 느껴지는 모든 감정이며, 새로운 고속 촬영 기술로 모든 움직임과 아주 작은 미동까지 미세한 부분 안에 녹여 내는 심리학의 방종한 축제다. 무의식의 흥겨운 춤, 눈앞에 나타나는 것과 함께 어쩔 도리 없이 떠내려가며 도주하는 광포한 생각의 동요, 가장 면밀하고 가장 진부하고 가장 프로이트적인 것, 신학과 포르노그래피, 수금 연주와 고물 자동차의 조합처럼 조악한 것, 그러니까 어떤 경지의 카오스 같은 것이긴 한데 잔뜩 취한 랭보의 뇌가 꿀 법한 미련한 꿈은 아니고, 술에 찌들었다거나 악마같이 음울한 것도 아니고, 오히려 예리한 정신을 가진 신랄하고 냉소적인 지성인이 대

담하게, 그리고 의도적으로 그렇게 만든 것일 테다. 황홀함에 소리치고, 분노로 미쳐 날뛰고, 지쳐서 나가떨어졌다가도 채찍질로 다시 정신을 차리고, 결국은 마치 열 시간 동안 회전목마를 타거나 끊임없이 음악을 들은 양 어질어질해져 버린다. 화려하고, 새된 소리를 냈다가 다시 무겁게 둥둥 울리고, 재즈처럼 거칠지만 늘 의식적으로 현대적인 제임스 조이스의 언어가 연주하는 음악은 세상의 모든 언어가 시도했던 것 중 가장 정련된 형태로 축제를 벌인다. 이 책에는 어딘가 영웅적이면서도 예술 자체를 문학적으로 패러디하는 면이 있다. 그러니까 이것은 정말로 제대로 된 마녀의 집회이자 사악한 의식이며, 사탄이 가장 무모하고도 자극적인 방식으로 성령인 척하는 것이다. 그러나 이것은 오직 한 번뿐인, 절대 반복될 수 없는 완전히 새로운 것이다.

❧ 근원 ❧ 그 뿌리에는 무언가 사악한 것이 있다. 제임스 조이스의 내면 어딘가에는 유년 시절의 증오와 영혼의 상처에서 비롯된 근원적인 정서가 있다. 그는 고향인 더블린에서 그가 증오하는 동네 사람들에게, 증오하는 성직자들에게, 증오하는 선생들에게, 그 누군가에게 무슨 일인가

를 당한 것이 틀림없다. 왜냐하면 이 천재적인 작가가 쓰는 모든 것, 스티븐 디덜러스의 전혀 거리낌 없는 자서전인 그의 이전 책부터 지금 이 잔인할 정도로 분석적인 영혼의 오레스테이아에 이르기까지 전부가 더블린을 향한 복수이기 때문이다. 1,500여 쪽에 달하는 분량 중에 진정성이나 헌신, 미덕, 우애를 찾아볼 수 있는 부분은 10쪽이 채 안 되고, 나머지는 모두 냉소적이고 경멸적이며 폭풍처럼 격앙된 폭력으로 점철되어 있다. 불같은 성질로 모든 것을 급격한 속도로 폭발 직전의 상태로 만드는데, 이것이 독자를 폭력에 도취시키는 동시에 귀를 멀게 한다. 이러한 폭발은 비명과 조롱의 말과 찡그린 얼굴로만 터져 나오는 것이 아니라, 인간의 모든 내장 기관으로부터 깊은 증오를 쏟아내게 한다. 그는 남아 있는 감정의 찌꺼기를 모든 것을 흠뻑 젖게 하는 격렬한 힘으로 토해 낸다. 그 어떤 타고난 재능도 한 개인의 허세로는 자기 책을 부수고 세상으로 뛰쳐나가게 한 이 전율하는, 이 떨리는, 이 거품투성이인, 이 거의 발작적이기까지 한 성정을 덮을 수 없다.

《용모》 잠시 독서를 멈춘 동안 나는 제임스 조이스의 얼굴을 떠올렸다. 작품에 딱 어울리는 얼굴이었다. 흘러내린 안경 뒤로 빈정대며 달아나는 듯한 광신도의 얼굴, 비극적인 눈. 고통으로 내면이 망가졌지만 강철같이 완고하고 집요한 사람, 자신의 신념을 위해 스스로를 불사르고 이제는 사라진 선조들이 자신의 교회에 대해 그랬듯 증오심과 신성모독을 거룩함에 버금갈 정도로 진지하게 받아들인 사람, 오랜 시간 동안 어둠 속에 거했던 사람, 늘 홀로 폐쇄된 채 진가를 인정받지 못하고 오히려 시대에 의해 매장당해 이중의 고통에 갇혀 있었던 사람. 끔찍한 영혼의 쳇바퀴를 도는 듯했던 11년간의 외국어학교 교직 생활과 25년간의 궁핍했던 망명의 세월은 그의 예술을 그렇게도 날카롭고 통렬하게 만들었다. 그는 비현실적일 만큼 엄청난 스케일의 장렬함으로 정신을 탐닉하고 언어에 몰두했다. 그러나 조이스의 가장 근본적인 천재성은 증오에 있었으며, 그것은 오직 아이러니로만 풀어낼 수 있었다. 불꽃을 일으키고 상처를 내고 괴롭게 하는, 칼끝에 서서 추는 정신의 춤인 아이러니, 격렬한 충돌로 아픔을 주고 발가벗기고 다치게 하며 영혼을 두고 열리는 종교재판의 박해자와도 같은 아이러니로만 표현될 수 있었다. 그를 호메로스와 비교하는 것은 한없이 기운 피사의 사탑보다 그 처음이 더 잘못된 것이나, 직육면체로 차곡차곡 쌓은 탑 같은 단테의 증오의 일부는 이 광적인 아일랜드인 안에 여전히 살고 있다.

❦ 기법 ❧ 이 작품의 기법은 구성적으로 혹은 조형적으로 드러나지 않고 오로지 언어에서만 나타난다. 이런 면에서 제임스 조이스는 절대적으로 마법사와 같고, 언어적으로는 주세페 메조판티*와 같다. 내 느낌에 그는 10개에서 12개의 외국어를 구사하면서 그 경험을 통해 자신의 언어에서 완전히 새로운 구문과 풍부한 어휘를 끌어내는 것 같다. 그는 가장 섬세하고 형이상학적인 언어부터 술에 절어 헛소리를 지껄이는 아낙의 언어에 이르기까지 모든 범위의 건반 위를 노닌다. 사전의 모든 페이지를 줄줄 암송하며 기관총을 난사하듯 개별 개념의 영역에 수식어를 흩뿌리고, 경탄할 수밖에 없는 능란함으로 문장 기술의 공중그네를 타고 곡예를 부린다. 그리고 내 기억으로 60쪽에 달하는 마지막 장의 단 한 문장을 기어코 써낸다(1,500쪽짜리 두꺼운 책이 단 하루를 묘사하고 있다. 다음 책은 아마 같은 날 저녁 시간을 다루지 않을까 싶다). 그가 지휘하는 오케스트라에서는 모든 언어의 자음과 모음, 모든 학문의 전문 용어와 모든 은어와 방언으로 구성된 악기가 뒤섞인다. 이 작품에서 영어는 범유럽적 에스페란토가 된다. 이 천재

---

* 이탈리아의 추기경이자 문헌학자이며 전설의 다언어 구사자로, 38개 언어를 구사했다고 알려져 있다.

적인 재능의 곡예사는 높이 치솟는가 하면 순식간에 넓게 치고 나가고, 절그렁대는 검 사이에서 춤을 추고, 모든 형상화할 수 없는 것의 심연 위로 뛰어오른다. 언어 능력 하나로도 이 사람의 천재성을 입증하기에 부족함이 없다. 근대 영문학 산문의 역사는 제임스 조이스와 함께 새로운 장을 열었다. 제임스 조이스 자신이 근대 영문학 산문의 시작이자 끝이다.

❧ 총론 ❧ 우리 시대의 문학에 곤두박질친 하나의 원석, 단 하나의 위대함, 오직 한 사람에게만 허락된 유일함, 뼛속 깊이 개인주의자인 괴짜 천재의 영웅적 실험. 이것은 확실히 순수의 선 안에 머물러 있는 호메로스의 것은 아니다. 전혀 아니다. 영적인 지하 세계의 빛이 어른거리는 이 스크린은 몰아치고 돌진함으로써 영혼을 매료하지 않는가. 환영에서 비롯된 공상과 감정의 과잉으로 더 가깝게 느껴지기는 하지만 도스토옙스키도 역시 아니다. 애초에 이 독창적인 실험을 다른 무엇과 비교하려는 모든 시도는 현실적으로 빗나갈 수밖에 없다. 제임스 조이스는 내면적으로 고립되기를 선택함으로써 이미 존재하는 것과의 그 어떤 연관성도 참아 내지 못하고, 짝을 짓지 않기에 후손을 잉태할

수도 없다. 어두운 근원적 에너지로 가득한 채 유성처럼 나타난 인간, 파라셀수스*가 빚어낸 듯 유성처럼 나타난 작품, 그 중세 시대 마법사가 남긴 기록처럼 『율리시스』에서는 시적 요소가 형이상학적인 허풍과, 영혼의 신비함이 교묘한 속임수와, 뛰어난 학문적 성취가 격렬한 유희와 현대적인 방식으로 얽혀 있다. 세계를 창조하기보다는 언어를 창조하는 작품. 그러나 확실한 것은 이 천재적이고 기묘한 작품이 풍요로워 보이는 주변 세계와 연결되지 못한 채 갈 길을 잃은 한 덩어리의 바위로 남아 있을 것이라는 사실이다. 그리고 시간이 이 작품의 가치를 드러내 준다면, 인류 역사상 다른 모든 불가사의처럼 사람들은 이 작품을 경외하게 될 것이다. 어쨌든 지금 내가 할 수 있는 말은 이것뿐이다. 이 제멋대로에다 격렬하고 실험적인 재능에 존경을, 제임스 조이스에게 거듭 존경을 보낸다!

---

* 16세기 초 스위스의 의사·연금술사.

발자크에 관한 촌평

매우 칭찬할 만한 일 하나를 널리 알리고자 한다. 프란츠 레더만이라는 젊은 출판사가 프랑스 문학에서 나폴레옹 같은 존재인 오노레 드 발자크를 번역 출판하는 어려운 일을 감행했다. 이 시리즈는 잠정적으로 총 10권으로 계획되었는데, 이것은 예술적인 견지에서 고려해 볼 때 좋은 생각인 듯하다(상업적인 이유가 아니길 바란다). 발자크의 작품은 단순히 한 더미의 종이 뭉치가 아니라 전체가 하나의 복합체인 까닭이다. 발자크를 10권짜리 시리즈로 대표하고자 한 것은 마치 한 편의 에세이로 그에 대한 모든 것을 쓰고자 하는 시도처럼 빤한 것이지만, 한편으로는 야심

찬 시작이라 할 수 있겠다. 프랑스 소설 문학계로 한정하지 않더라도 문학의 시작이자 끝이고 출구이자 귀로인 발자크, 그에 관해 쓰자면 책 한 권을 모두 할애해도 충분치 않다. 그런 경우 그에 대해 말할 수 있는 근거가 되는 것은 오직 직접 남긴 기록에서 얻은 정보일 텐데, 그가 작품의 가장자리에 남긴 메모에서 보이는 감탄사 그리고 가끔은 겸손한 물음표 정도가 있을 수 있겠다. 그저 단편적인 것, 전체에서 떨어져 나온 것, 즉 짧은 메모와 인상들 말이다. 온전한 파악이 불가능한 대상을 어떻게 근본적으로 다룰 수 있다고 생각하는지!

무엇보다 먼저 던져야 할 질문은 과연 어떤 작품으로 10권을 구성해 독일 대중에게 발자크를 소개할 수 있을까 하는 것이다. 물론 명작으로 채워야 한다! 그러나 발자크 일생의 역작인 87권짜리 소설 전집에 명작이라 할 만한 작품이 없다는 것이 조금 당황스럽다. 어쩌면 겨우 한두 번쯤, 「사막에 싹튼 열정」이나 『우스운 이야기』에 실린 짧은 노벨레들을 쓰면서 장대한 건축술을 펼칠 수 없어, 거의 놀이하듯 조그만 보석 같은 작품을 세공하며 완성이라는 그 좁디좁은 경계선 가까이 갈 수 있었는지도 모른다. 다른 작품은 모두 그의 불같은 성정과 종종 거의 환각을 볼 만큼

과열된 머리로 18시간씩 휴식 없이 책상 앞에 앉아 일하게 했던 열 오른 창작욕에 의해 망쳐졌다. 그런 날이면 그는 거의 먹지도 않았는데, 오로지 김이 나는 블랙커피 몇 모금을 창작열의 연료로 삼을 뿐이었다. 그의 모든 소설은 피렌체의 궁전들처럼 사려 깊게 다듬어진 넓적한 마름돌 위에, 훌륭한 토대 위에 세워졌다. 거대한 건축물은 스스로 더욱더 위로 올라가려 한다. 인물은 매우 상세하게 묘사되고, 정황은 심사숙고를 거쳐 안정적으로 설정되고, 운명은 안전한 통로에서 서로를 향해 움직인다. 그러나 가까이 다가설수록 그들의 질주도 거칠어진다. 여러 운명은 서로 엉켜 하나의 헝클어진 실뭉치가 되고, 시인이 지친 주먹으로 마지막 절망적인 한 방을 내려칠 때까지 열띤 혼란은 이 실뭉치를 이리저리로 걷어찬다. 시작은 예술이었으나 그 끝은 통속소설이다. 시인 발자크는 채무자로부터 재촉당하는 불안한 소설가 발자크가 어떻게든 끝을 보고 마무리한 소설을 출판업자에게 넘길 수 있다는 사실만 믿고, 마치 직공같이 실 가닥을 조심스럽게 이어 매듭을 지어 보는가 하면 다시 성급한 어린애처럼 실뭉치를 마구 잡아 뜯는다. 나는 딱 한 번 파리 국립도서관에서 발자크의 수기 원고를 직접 본 적이 있는데, 그 원고만 봐도 그런 사실이 확실해졌다. 소설의 시작 부분은 섬세하고 침착하고 거의 선명한 글자 — 발자크가 원래 우아한 여성적 필체를 썼기에 가능한 것이겠지만 — 로 쓰였지만, 결말로 갈수록 휘갈겨 쓴 글씨는 기울고 뒤틀려 마지못해 끝을 향해 서두르는 모양새였다. 항상 그렇듯 재능 안에서는 위대한 우수함이라는 샘물이 실수의 비밀스러운 힘까지 적셔 무력하게 만든다. 발자크의 재능이란, 겁에 질린 하늘을 향해 빛과 열기를 뿜어 올리고 다음 순간 모든 것을 쏟아지는 용암 아래 묻어 버리기 위해 놀라운 아름다움으로 주변을 환히 밝히며 폭발하는 화산과도 같은 그의 기질이었다.

그리고 선정된 발자크의 소설들이 어째서 파편적으로 보일 수밖에 없는지에 관한 또 다른 이유가 있다. 발자크의 거의 모든 작품 — 『인간 희극』이라 불리는 — 은 서로 긴밀하게 연결되어 있어서 작품 사이의 연관성을 고려할 때만 온전히 해석될 수 있다. 발자크는 인생의 가장 풍부한 면을 드러내고자 한 다른 모든 예술가처럼 삶을 그저 있는 그대로 서술하기보다 단순화하는 과정을 거친다. 그는 먼저 세계 전체를 파리에 압축해 담는다. 그리고 사회를 세 개의 살롱으로, 인류 전체를 추상화된 성격이 굳어져 개별 형태가 된 몇 가지 인간 타입으로 나눈다. 근대소설의 가장 재능 있는 창조자인 그는 그다지 중요치 않은 개별 사건을 묘사하는 데 시간을 낭비하지 않고 자기가 아는 수많은 사람, 어떤 의미에서는 비슷비슷한 사람들을 일종의 원형 안에 녹여 낸다. 의사가 여러 명 필요하지는 않다. 지식인이 있어야 하는 자리에는 어디에나 금방 대학생이었다가, 금방 교수가 되었다가, 다시 문필가가 되는 비앙숑이 있다. 그런 원리로 그의 소설에서 사교계 귀족의 모든 자리에는 라스티냐크가, 시인의 자리에는 카날리스가, 기자의 자리에는 뤼시앵 드뤼방프레가 있다. 그의 모든 소설의 문턱에서는 늘 같은 사람들이 서로 만난다. 이 인물들도 각각의 소설에서는 또한 하나의 파편 같은 요소일 뿐이다. 신실하고 선량하고 진실한 젊은 대학생이었던 라스티냐크가 파리로(그러니까 세계로) 입성해 『고리오 영감』의 비극을 통해 "목적지에 더 빠르게 도달하기 위해 때에 따라서는 상대가 남자든 여자든 그에게 다음 역참에서 아무렇게나 죽게 놔 둘 수도 있는 한 쌍의 역마 이상의 가치를 두면 안 된다는 것"을 어떻게 배웠는지 보지 못했다면, 그 누가 『잃어버린 환상』의 이기적이고 무분별하며 인간미라고는 없이 멋이나 부리는 라스티냐크를 이해할 수 있겠는가? 발자크의 형상화는 한 작품에서 주인공을 산파의 손에서부터 무덤까지 이끌고 가는 오늘날 현대 독일 소설에서처럼 책한 권에 국한되지 않는다. 그가 쓴 성장소설은 총 20권으로 구성된 『인간 희극』인데, 누구 한 사람이 주인공이 아니라 그들을 서로에게로 보내는 삶이 주인공이다. 그리고 그 누구도 인생을 끝까지 노래할 수는 없기에 인생을 노래하려 시도하는 모든 서사시는 미완으로, 수천 조각의 파편 중 하나로 남을 수밖에 없다.

그렇다면 발자크에게 사람이란 무엇인가? 도식인가 형상인가, 성격인가 그냥 유형인가? 그 모두는 그저 한 가지 골조만을 공유할 뿐이다, 바로 열정이라는. 발자크는 오로지 움직이는 운명과 거기 내포된 징후에만 관심을 가졌다. 지나치게 꼼꼼한 디테일은 그에게 팔레트의 물감이고 악기이지 멜로디 자체가 될 수는 없었다. 그는 활기 없는 사람들을 사랑한 적이 결코 없었다. 내 기억에는 아마도 『13인당 이야기』에서였던 것 같은데, 골목마다 인간적인 특성을 불어넣고, 하나의 건물에 불과한 것에서 개성을 끌어내고, 한 마리 짐승에게서 종의 특성을 발견해 내는 그는 자신의 열정으로 개별 인간에게서 인상적인 면을 찾아 어느 한쪽으로 치우친 특성을 부여하는 것을 좋아했다. 그의 작품 속으로 입장하기 전까지 사람들은 모두가 거의 비숫하다. 부드러운 것으로 만들어진, 꿈꾸는 듯하고 예민하며 이상적인 것들. 이제 그가 그것들을 손에 그러쥔다. 그는 자신의 열정이 빚어낸 운명을 그들 각자에게 지워 준다. 그리고 그들은 사교 파티에서, 거리에서, 삶의 전쟁터에서 낯선 사람들로 만나 서로를 파헤치며 스스로 운명이 되어 간다. 사랑 역시 여러 열정 중 하나일 뿐, 가장 강력한 힘을 지닌 것은 아니다. 『사촌 퐁스』에서 두 인물이 미술 작품을 수집하는 동력인 탐욕은 늙은 남작 뉘싱겐이 매춘부에게 빠져 전 재산을 탕진하는 어처구니없는 사랑에 비하면 그다지 과격한 것도 아니지 않을까? 발타자르 클라에스를 파멸시킨 발명가의 광기는 자신의 삶을 두 딸을 위해 소진한 고리오 영감에 대한 딸들의 대단치도 않은 효심에 비하면 덜 잔인한 것이 아닐까? 20번이나 가면을 바꿔 가며 발자크의 작품에 등장하는 갤리선 죄수 보트랭의 사회를 향한 증오심이나 라스티냐크의 허영심, 델핀의 파렴치, 마담 보네르의 인색, 슈누크의 호의, 이 모든 것이 용광로에서 녹아내린 쇳덩이처럼 각자의 열정의 불꽃 안에서는 비슷한 모습이지 않은가? 어느 작가도 발자크만큼 인생의 모습을 빚어 가는 운명의 폭력성을 강조하지 않았고, 누구도 그만큼 열정은 타고난다는 논리를 거부하지 않았다. 열정의 저력만으로도 충분히 비극이 잉태될 수 있지만, 그 힘은 너무나 강력해서 마치 보나파르트가 나폴레옹이 되기 위해 주변의 용맹한 장군을 모두 숙청해 버린 것처럼 자신의 형제자매와도 같은 다른 모든 감정을 가차 없이 목 졸라 죽인다. 그렇게 넘치는 열정은 평형 상태를 견딜 수 없어하기 때문에 소설의 표면에서 느닷없이 아래쪽으로 미끄러져 파국이 일어나곤 한다. 발자크의 거의 모든 장편소설이 이렇게 파국으로, 외부적 요인으로부터 초래된 갑작스럽고 자비 없는 추락으로 끝난다.

발자크의 인물들은 다채로운 사람이 모여 있는 군대와 같다. 난봉꾼 옆에 도형수가, 건물 관리인 옆에 학자가, 사교계로 진출하고자 애쓰는 사람 옆에 장교가 모두 아무런 목표도, 목적지도 없이 같은 길을 간다. 발자크의 인물들은 파리로, 즉 세계로 간다. 어느 저녁 그들은 호화로운 궁전에서 꿈결같이 아름다운 여인이 탄 우아한 쌍두마차가 나무 아래에서 방향을 트는 것을 본다. 그리고 모두 같은 생각에 잠긴다. 이 저택은, 이 여인은, 파리는, 온 세상은 내 것이야! 발자크의 모든 주인공은 세상을 얻고자 한다. 그런 결심을 하고 나서 그들은 집요하게 그 길을 간다. 첫 번째 인물은 수년간의 연구에 지쳐 해부실을 떠나고, 두 번째 인물은 어여쁜 고급 창녀의 침실을, 세 번째 인물은 전장을, 네 번째 인물은 사교 살롱을 떠나며, 다섯 번째 인물은 지혜의 돌을 찾아 헤맨다. 그중 한둘 — 거침없는 출세주의자인 라스티냐크 같은 — 은 목표한 곳에 도달하나, 다른 이들은 추락하고 서로 한데 엉켜 혹은 인생에 부딪혀 산산조각 난다. 이것이 발자크식의 비극이다. 지금까지 아무도 성취하지 못했던 정밀함으로 인간의 행동과 성격 특성의 모든 가능성이 목표를 향하게 함으로써 그는 정말로 이폴리트 텐*이 그의 유명한 에세이에 쓴 것처럼 "셰익스피어, 생시몽과 함께 인간에 관한 자료를 모아 둔 가장 큰 자료실"이 되는 데 성공했다. 그것은 세계문학사에서 유례를 찾아볼 수 없는 업적이다. 오노레 드 발자크는 나폴레옹의 초상화 밑에 이런 말을 적은 적이 있다. "그가 칼로 성취하지 못한 일을 나는 펜으로 끝마치겠다."

막간을 이용해 발자크의 삶으로 눈을 돌려 보자. 이 작가는 어떻게 해서 인간과 인생에 관해 그토록 엄청난 통찰을 갖게 된 것일까? 현실은 이 의문을 해결해 주기는커녕 도리어 혼란만 가중시킨다. 그는 인생을 거의 알지 못했고, 한 2-3년쯤 세상 구경을 했을 뿐이다. 젊은 날 그는 다락방 구석에서 명작을 썼다. 그러다 돈을 벌고자 하는 열의

---

* 프랑스의 철학자·심리학자·역사학자.

155

가 그를 덮쳤다. 그에게는 돈이 곧 인생이었기 때문이다. 그는 엄청난 돈을 벌 만한 능력이 있었는데, 그보다 낭비하는 능력이 더 컸다. 인쇄소를 차렸다 망했고, 투기가 그를 망쳐 놓았다. 빚이 납덩이처럼 그에게 달라붙었다. 그러자 그는 다시 쓰기 시작했다. 열에 들떠서 밤낮으로. 그러나 빚은 줄지 않았다. 돈, 돈, 돈, 늘 그 생각뿐이었다. 그가 자정에 일어나 그다음 날 밤까지 시간 가는 것도 모르고 글을 썼다는 일화는 유명하다. 때때로 소설 속 주인공이나 세울 법한 허무맹랑한 계획이 그를 유혹했다. 그는 로마 시대 때 버려진 사르데냐의 광산을 재발굴해 보려고 했다. 여기저기서 돈을 끌어모아 탐사를 시도했지만 또 빚만 남았다. 원고는 미처 종이에 쓰이기도 전에 팔려 나갔다. 새로운 원고에 착수하기 위해 그는 마무리가 덜 된 원고를 재촉하고 또 재촉했다. 결국 과열된 기계는 폭발하고 말았다. 이 거인은 순전히 자신의 의지만으로 작품을 써 볼 기회를 갖지 못한 채 쓰러져 버렸다.

그러니까 그는 거의 아무것도 체험해 보지 못한 셈이다. 그가 겪은 애정 관계도 실제 경험이라기보다 문학적인 것으로, 모두 과거에 주고받았던 서신과 관련된 것이었다. 현대 소설가 중 최고의 마술사인 발자크는 작품에서 주인공이 능력을 휘두르게 하듯, 책 속에서 몇 번이고 파리를 제 발아래 두듯 여인에 관해 공상의 나래를 펼칠 수 있었다. 물론 그가 "10만 리브르*의 연금"이란 단어를 쓰는 것을 보면, 그리고 시에서 꼭 사춘기 소년처럼 사랑이라는 말을 중얼거리는 것을 보면 그도 분명 육체적 욕구가 있었다는 것을 알 수 있다. 현실과 유리되어 책상 앞에 앉아 열중해 있을 때, 그가 창조하고 그와 함께 살아가는 인물들은 그만을 위한 현실이 되어야 했다. 그것은 예의 예술가의 환영 같은 것이었고, 거의 병적인 것이었다. 플로베르는 텐과의 인터뷰에서 그것에 관한 질문을 받고 그 답변으로 잊을 수 없는 편지를 쓴 적이 있다. 예술가에게 환영은 개념적으로 만들어 낸 것이 아니라고, 그에게만은 진짜 형상으로 눈앞에 나타나는 것이기에 예술가는 본 것을 조형할 수밖에 없다고 말이다. 텐은 이런 현상에 관해 마흐**의 『감각의 분석』을 읽은 것 같은 느낌을 주는 몇 줄의 글을 썼다. "상상의 존재란 갑자기 태어나는 것도, 이미 현존하는 것도, 실재하는 것과 같은 조건에 놓인 것도 아니다. 그것은 무한한 원인이 조직적으로 결집함으로써 생성되는 것이다." 그러니까 무언가가 암시적인 의미를 가졌다면, 그것은 실제로 눈에 보이는 것과 똑같은 현실 가치를 지닌다.

---

* 혁명 전의 프랑스 화폐 단위.

** 오스트리아의 물리학자·철학자. 다양한 분야에 걸쳐 훌륭한 연구 업적을 남겼다.

이것이 바로 발자크의 생애를 설명할 수 있는 문장이다. 삶에 굶주리고 권력에의 의지로 혼란스러웠던 이 인간은 삶 너머에 자기만의 세계를 창조해, 자기가 만들어 낸 창조물과 엄청난 부침을 겪으며 행복과 불행을 함께 느끼는 것으로 스스로의 삶을 채우고 열정을 해소한 것이다.

　삶의 외적인 부분에 있어서 그는 단 한 가지 사실만을 극심하게 깨달았다. 많은 빚을 지고 있다는 사실. 한 페이지를 써 내려가는 순간에도 그는 그 사실을 생각했고, 창작이 아직 진행되는 중에도 벌써 그 가치를 돈으로 환산했다. 이런 상황이었으므로 돈에 대한 생각이 그의 주인공들과 작품 전체를 지배하는 것도 놀랄 일이 아니었다. 그러나 그럼으로써 발자크는 근대소설 문학에 새로운 세계를 열었다. 위대한 작품에서도, 그저 그런 서사시에서도 마치 번개처럼 스쳐 가는 순간에 소유의 상징물인 돈에 묶인 감정들을 포착해 냈다. 처음으로 물질과 관련된 정서가 그들을 노래해 줄 시인을 만났다. 발자크는 젊은 남자에게 주머니에 단돈 5프랑이 없어 여성과 차를 타고 가지 못하는 것이 질투나 반발심, 허영심 혹은 다른 어떤 추상적인 동기에서 그렇게 하지 못하는 것과 마찬가지로 고통스러운 일이라는 것을 알려 주었다. 그의 주인공은 모두 계산을 한다.

천사 같은 그들의 여인을 보러 가는 데 얼마의 비용이 드는지 안다. 연 수입을 훌쩍 뛰어넘는 양복점 영수증, 차, 장미 한 송이, 우아한 셔츠, 웨이터에게 줄 팁. 그들은 가진 것이라고는 낡은 연미복 한 벌밖에 없는 상황에서 극장의 고급 좌석에 초대받는 것이 얼마나 심란한 일인지 안다. 이것이 최소한 그들 자신에게는 사랑에 빠진 이들의 고민만큼이나 중대한 일이고, 이 당황스러운 비극을 드러냄으로써 발자크는 근대소설에 무한한 부피의 진실과 삶의 소재를 제공했다. 그러나 이 사소한 에피소드 — 아마 그 자신의 어린 시절 기억일 — 에 매혹되는 이는 오직 그 한 사람뿐이었다. 발자크는 이루 말할 수 없을 정도의 세련된 기교로 자신이 고안한 거대한 돈의 움직임을 묘사하는 데에 심취했다(거의 같은 시기에 아동문학에서 『몬테크리스토 백작』이 출판되어 뒤마에게 30만 프랑의 이익을 가져다 준 사례와 비교해 볼 수 있겠다). 군 납품업자, 제빵사, 사무원, 투기업자 같은 사람들이 혁명이 일어나고 구체제가 부활하기 전까지 사회 전복 시기에 한밑천을 뽑은 것처럼, 그러나 야심가들이 이것을 소유한 사람들로부터 다시 빼앗아 간 것처럼 탐욕적으로 점멸하며 오르락내리락을 반복하고 쇄도했다 녹아 없어지는 이러한 돈의 흐름을 발자크는 난잡한 격정으로 드러냈다. 잦아들지 않는 생각들로 완전히 혼란스러운 채로 그는 소액이든 거액이든 돈을 자주 팽개치듯 내던졌다. 수백만의 재산이 몰려오는 폭풍우처럼 걸인에게로 밀려 들어오는가 하면, 탐진의 열정이 덮쳐오면 그 재산은 다시 수은처럼 녹아 없어졌다. 거시적 차원에서 그는 욕망의 주전자가 부글거리며 끓어오르는 파리를 드러냈다. 단테의 저주처럼 온 인류가 각자의 소모적인 생각에 칭칭 감겨든다. 돈, 많은 돈, 재산, 자본, 수백만, 수십억……

　하지만 부를 향한 이런 의지가 과연 발자크의 인생철학이었을까? 발자크는 모든 철학을 자신의 내면에서 소화시켜 소설에 녹여 냈기 때문에 실제 삶에서는 어떤 철학도 갖고 있지 않았던 것으로 보인다. 그가 가진 재능의 가장 중심 뿌리인 소위 그 어마어마한 투사 능력으로, 그는 자신의 창조물이 스스로 말하고 생각하도록 만드는 순간에도 그들의 생각을 논박할 수 없다고 여겼다. 그는 허무주의자라는 말이 널리 쓰이기도 전부터 허무주의자(보트랭)였으며, 야심가이자 기회주의자(라스티냐크), 이타주의자(고리오 영감과 다른 많은 인물), 물질주의자(비앙숑), 낙관주의자 그리고 그 밖에 칭할 말이 있는 다른 모든 철학적 종種

이었다. 프란츠 요제프 갈*의 골상학에 대해서는, 생물학적인 동시에 화학적이기도 한 이론을 도대체 어떻게 그렇게 적극적으로 받아들였는지 의문이지만, 아마 발자크의 지성이 사유의 모든 가능성을 매우 격렬하게 흡수하고 처리했기 때문이었을 거라 짐작해 본다. 그가 글을 쓸 때는 모든 것이 쏟아져 나왔다. 끝없이 솟아나는 모순의 샘, 번득이는 진실, 성급하게 구는 그의 성정대로 굳이 계율로 바꾸려 하거나 세계의 저변으로 다지려 애쓰지 않아도 쉽게 자명한 것이 되어 버리는 정신을 충만케 하는 문구들이 그의 내부로부터 쏟아져 나왔다. 그 자신은 운명론자인 것을 크게 개의치 않은 것으로 보인다. 수줍은 애정 관계 같은 비밀스러운 것과 관련해서는 그는 신비론자에 가까웠다. 다른 이보다 한결 더 눈이 밝은 그는 애정 관계의 헤아리기 어려운 면에 혼란을 느꼈고, 거기서도 간절히 의미를 찾고자 했다. 두 편의 특이한 노벨레 『루이 랑베르』와 『세라피타』는 스베덴보리**의 영향을 받아 그의 다른 작품들과 완전히 다른 지점에 있는데, 그 지점이 너무나 판이해서 마치 그 자신의 삶을 토대로 한 작품처럼 느껴진다. 『무신론자의 미사』에 등장하는 자유사상가가 교회에서 몰래 도망치

---

* 독일의 의사·골상학자. 신체 측정을 통해 성격을 추론하는 골상학을 연구했고, 이런 정보가 발자크의 『인간 희극』에 영향을 끼친 것으로 알려져 있다.
** 스웨덴의 철학자·과학자·신비주의자. 심령술에 전념해 독특한 신비주의 사상을 전개했다.

는 것처럼, 그는 그곳에 자신의 가장 깊숙한 곳에 간직했던 믿음을 파묻어 버렸다. 너무 깊숙이 묻은 바람에 우리는 그것을 다시는 빛이 있는 곳으로 꺼낼 수 없었다. 오직 그곳에서만 천 개의 하늘에 놀라 땅을 바라본 발자크의 꿈꾸는 듯한 눈이, 로댕이 그의 입상을 만들 때 구현하려 했던 그 눈빛이 다시 제 안에서 타오른다. 그리고 그곳에서 수많은 우리의 낯선 인생을 가차 없이 껍데기에서 해방시키고 가장 내밀한 곳에 간직되어 있던 붉은빛 도는 씨앗을 드러내 준 그는 자기 존재의 가장 깊숙한 곳에 있는 격정 또한 똑같이 엄격히 다루어 나오지 못하도록 가두고 그 문을 영영 닫아걸어 버렸다.

어느 소녀의 일기

인터나치오날레 프지효아날리티셰Internationale Psycho-
analytische 출판사는 '영혼의 발달에 관한 자료집' 시리즈의
첫 권으로, 프로이트 교수의 전체적인 사상과 맥락을 같이
하는 한 학생 그룹의 매우 독특한 책을 펴냈다. 한 소녀가
열한 살부터 열네 살까지 쓴 일기를 아무런 변형 없이 원본
그대로 출간한 것이다. 이제 심리학계에서도, 그리고 교
육학계에서도 중요한 의미를 갖게 된 이 책의 특이한 점은
이 일기가 흔히 말하는 신동, 그러니까 미래의 마리 바시키
르체프* 같은 이의 것이 결코 아니고, 오히려 반대로 완전
히 평범하고 특별한 재능도 없으며 유난히 예민하지도 않

---

* 우크라이나 출신의 러시아 조각가. 열세 살부터 써 온 일기로 잘 알
려져 있다.

고 색다른 경험이 특별히 많은 것도 아닌, 소위 빈 중산층 가정 자녀의 일기라는 것이다. 거의 모든 소녀가 여지없이 학창 시절에 한 번쯤은 써 봤을 법하고 다시 보면 창피해서 쥐구멍에 숨고 싶어할 만한, 그런 셀 수 없이 많은 일기 중 한 권이다. 하지만 이 일기에 나타나는 규칙성이야말로 이 시기의 의미를 잘 설명해 준다. 아이들, 그중에서도 특히 소녀들은 사춘기에 강박에 가깝게 매일 스스로 설정한 규칙처럼 글로 기록을 남기기 시작한다. 그리고 열일곱 살이나 열여덟 살이 되면 이 매일의 기록을 유치한 놀이였던 것으로 여겨 경멸하고 비웃으며 차라리 없애 버리는 게 좋지 않을까 생각하게 된다. 장난기 많은 아이였다가 진지한 한 인격체로 성장해 가는 시기에는 무의식중에 온전히 자신만의 것인 삶이 갑자기 중요해지고 비밀스럽게 지켜야 할 것이 된다. 심리학자들이 나중에서야 알게 되었고 또 프로이트가 대가답게 명확히 설명한 것과 같이, 따로 배운 적이 없어도 아이는 호기심으로 가득 찬 시기를 거치는 성장 과정에서 개인적으로 여러 가지 결정을 내리는데, 개별적인 우연이 그 결정의 계기가 된다. 인간이 삶을 저절로 지나가 버리는 것, 무언가 기능적인 것으로 받아들이는 순간 ― 그리고 대부분의 어른은 인생에서 겪는 내면의 빈곤을 영문도 모른 채 시인해 버린다—무언가를 수용할 때 느끼는 감각의 강도는 점점 약해진다. 선택된 소수만이 어린 시절이 지나도 계속해서 삶을 신비로운 힘으로, 영원한 수수께끼로, 언제까지나 풀기 어려운 문제로, 놀라움과 통찰로 가득한 것으로 느끼고, 동시에 스스로를 끝없는 모험의 제물로 여기는 증대된 능력을 영원히 간직한다. 그런 연유로 어른은 오직 외교관이나 군사령관이 임무를 수행할 때처럼 세계의 외적인 움직임에 자신이 어떻게든 관여되었다고 느낄 때에만 예외적으로 일기를 쓴다. 그러나 사춘기 아이는 스스로의 현존이 특별한 사건 속에 있을 때에만 중요하다고 느끼지 않는다. 오히려 삶의 실제 그 자체와 매번 사소한 우연성에 의해 거의 강제적으로 도드라져 보이는 것이 자기 내부의 긴장을 불가사의할 정도로 고조시킨다. 다른 사람들이 그것을 평범하게 여기든 아니든 상관없이 말이다. 그렇기 때문에 아직 성인이 되지 않은 인간은 사소한 것이라도 매 순간 그것을 더 의미 깊은 것으로—이것은 분명 옳다!—가치 매길 준비가 되어 있다. 초라하기만 했던 것이 막연한 느낌으로, 사소한 만남이 기대감으로 생명력을 얻는다. 시인이 왕성한 어린 시절을 감각할 수 있게 하고 세계를 예측하기 어려운 비밀처럼 느끼게 함으로써 순수와 열정을 간직하도록 만드는 강렬한 힘은, 이렇게 무의식과 이미 완전해진 의식 사이의 틈과 같은 나이의 아이들에게도 작용한다.

일반적인 의미에서 중요하지 않다는 말은 이 일기에도 해당될 텐데, 그 이유는 이 일기가 문체적으로 아름답게 쓰인 것이 아닐뿐더러 그 내용에 담긴 인식도 별달리 귀중한 것은 아니기 때문이다. 이것은 그저 한 아이가 쓴 한 권의 일기장일 뿐이다. 그러나 바로 이 전형적인 어린 소녀의 수다가, 언젠가 타인의 시선이 이 페이지들 사이로 침투하리라거나 심지어 이것이 책의 형태로 인쇄되어 배포될 수도 있으리라는 생각을 전혀 하지 못한 솔직함(시인에게는 없는)이 영혼에서 일어나는 일을 이해하는 것을 일종의 정신적 즐거움으로 삼는 모든 사람에게 이 책에 대한 흥미를 불러일으킨다. 이 책은 빵집, 소풍, 같은 반 친구들, 시기심, 학교에서 일어난 변변찮은 일, 가족과 있었던 일 등 서로 특정한 연관성이 없는 수다로 가득하다. 그러나 바로 그것을 통해 영적인 의미에서 본질인 것에 제대로 가치가 매겨진다. 왜냐하면 아이들 이외에 어린 시절을 묘사하는 유일한 존재인 작가의 경우에 쓰는 것이 자기 것이든 낯선 것이든, 자서전이든 소설이든, 가장 깊숙한 곳의 예술 법칙을 의식한 것이든 아니든 균형감을 잃게 되기 때문이다. 작가는 아이들 세계의 은어라든지 축약어를 쓰기는 하지만 세월이 지나도 기억에 남아 있는 것의 윤곽을 그리는 정도일 뿐, 그가 그리는 것은 현재적이면서 평범한, 그러면서도 그 안에서 어떤 특별함이 자라 나오는 그런 것은 아니다. 작가는 길 전체가 아니라 단지 몇몇 표석만을 보여 줄 뿐이고, 결국은 아이가 가질 법한 지식과 어린 시기의 현명함을 강조하며 엘리트 화자를 만들어 낸다. 반면 이 일기의 묘사에서는 광범위한 영역에 걸친 무지와 아이다운 어리석음이 자연스럽게 더 높은 지위를 차지한다.

이 시기의 체험 중 가장 근본적인 것은 당연하게도 '더 이상 아이이고 싶지 않음'에서 비롯되는 것이다. 어른들이 안간힘을 다해 자기 앞에서 숨기려고 하는 모든 비밀을 알고 싶은 마음이 온전한 어른으로 인정받으려는 의지를 만들어 낸다. 이 열한 살짜리 아이는 아버지나 어머니, 언니가 "꼬맹아"나 "아가야"라고 부를 때면 늘 격분해 일기장에 적어 둔다. 그녀는 조급한 마음으로 다른 세계로 넘어가고자 하며, 꽉 닫힌 문 뒤에서 이해할 수 없는 말이 들려오고 그 너머에 그녀가 느끼기에 '실제의 것', 진짜 삶이 있는 것 같을 때 그 문을 부숴 버리고 싶어한다. 닫힌 커다란 비밀의 문 뒤에서 엿들은 말 하나하나가 현상이 되고 사건이 되는데, 아무것도 모르는 아이라도 이 떨어져 나온 말들이 곧 그 철자를 맞추기만 하면 마법의 책 전체를 단숨에 읽어 내려갈 수 있게 해 주는 암호라는 것을 직감적으로 느끼기 때문이다. 그래서 이 호기심으로 가득 찬 아이는 나비가 풀밭 위를 날아다니는 것처럼 여자 친구들과 함께 활개 치며 날아오르는 단어들 뒤를 쫓는다. 누군가 "관계"라고 말하고 웃었다면, 이건 무슨 의미일까? 그들은 사촌에 대해 설명하며 "위황병을 앓는다"고 하고, 어떤 친척 아저씨가 "정상이 아니"라고 말한다. 그들은 지각에 주어지는 감각적인 자극으로 익숙한 것 뒤에 숨겨진 특별한 의미의 낌새를 알아챈다. 그리고 의미를 추적하는 아이가 들어서는 샛길이란 샛길은 이 일기에 모두 나타나 있다. 친구와의 귓속말, 하녀들과의 수다, 몰래 들여다보는 백과사전, 소녀는 특히 자신의 유년 시절을 망각한 어른으로부터 동정 어린 미소를 자아내는 수많은 오류 끝에 마침내 옳은 의미의 흔적을 찾아낼 때까지 계속해서 시도를 한다. 다른 소녀들의 솔직한 일기에서와 마찬가지로 여기에서도 관심사의 초점은 성性에 맞추어져 있다.

그것은 성애Erotik가 아니라 생식Sexualität에 가까운 것이다. 왜냐하면 이 호기심은 지성에서, 덜 발달된 신체에서 유일하게 깨어 있는 곳인 뇌에서 오는 것이고, 불안 역시 부족한 이해력에서 비롯된 것이지 아직 완전히 성숙하지 않은 신체의 특정 기관에서 오는 것이 아니기 때문이다. 이 경우에는 사실을 깨닫는 것이 진짜 만족감을 주지는 않으며, 오히려 그 반대다. 우연히 얻은 최초의 통찰은 수줍은 아이의 영혼에 충격으로 다가온다. 역겹고 혐오스럽고 무섭고 두려운 감정이 신체에 관한 지식이 충분치 않은 그녀를 엄습한다. 타오르는 비밀에 더 가까이 가려고 달음질치는 대신에 그녀는 사랑의 행위를 작동시키는 생물학적 원리 앞에서 뒷걸음친다. 이 모든 정신적 불안과 불꽃 튀는 호기심에도 불구하고 이 예민해진 아이에게서 퇴폐의 기운은 찾아볼 수 없다. 이 불안(아마 대부분의 아이들이 겪는 것이겠지만 선생이나 교육자는 그것을 거의 눈치채지 못한다)은 절대적으로 성애 이전의 단계로서 삶에 대한 불안이고 맥락에 관한 불안이며, 한 치의 빈틈도 허용하지 않는 지식이라는 것의 균형을 향한 누구나 납득할 수 있는 감정이다. 그 감정은 초기 인류가 하나의 집단으로서 태초부터 가졌던 충동과 같은 종류다. 자기가 사는 땅을 탐사하고, 미지의 대륙을 탐험하고, 모든 강과 산과 호수와 숲을 한 장의 지도에 그리고, 먼저 이 땅에 망원경을 드리우고 이어 다른 세계까지 측량하여 인식을 무한히 확장하려고 했던 것 말이다. 바로 이렇게 제어하기 어려운 호기심과 새로 산 원피스나 지루했던 소풍, 가정교사에 대한 험담 같은 수다가 이웃하고 있다는 것이, 세계에 눈을 뜨는 과정의 불가사의, 모든 사람 안의 젊음, 인류의 젊음이라는 속성과 신비스럽게 연결되어 있다가 불행하게도 너무 일찍 사라져 버리는 그 시기의 불가사의를 마법같이 조명한다. 혹시 죽음이 너무 일찍 찾아오지 않았다면 이제 스물두 살쯤 되었을, 엮은이가 사려 깊게도 이름을 밝히지 않은(최소한의 흔적도 남기지 않기 위해 책에서는 소녀의 이름을 가명으로 표시했다) 그 여성에게서도 그것은 이미 사라졌을지 모른다. 그러나 바로 그런 이유로 이 책 또한 이토록 전형에서 벗어나지 못했기에 영리한 부모와 교육자는 이 책을 집어 들어야 한다. 그것은 단지 책에 나오는 방법대로 교육하고 확실히 현 시대에 선호도가 높아진 교화의 방식을 적용해 이 책의 이름 없는 소녀를 뒤흔든 것과 같은 종류의 탐색의 불안과 고통에서 그들의 보호하에 있는 아이들을 건져 내기 위함이 아니다. 이 불안과 타오르는 호기심이 모든 아이들이 지닌 무한히 귀중하고 창조적인 특성임을, 이

것이야말로 아이들이 삶의 기쁨이라는 신비를 어린 시절을 넘어서도 간직할 수 있게 하는 가능성의 시작임을 부정할 사람이 어디 있겠는가. 어린 시절에 이런 불안감의 위기와 성적 긴장을 강하게 느낀 사람일수록 나중에 성애에 눈을 뜨고 나서도 성스러운 소나기처럼 내리는 우주적 정서를 더욱 순수하게 간직하고, 다른 한편 강력한 매혹의 감정 또한 더 열정적으로 간직할 수 있을지 모른다. 잘 모르기 때문에 아직 무형 상태인 개별 가능성을 좋은 것인지 나쁜 것인지 판단하여 교정하려는 것도, 그리고 놀라울 만큼 제멋대로여서 아이나 어른이나 제 뜻대로 몰고 가는 운명을 제어하려는 것도 썩 올바른 일은 아닐지 모른다. 그러나 인간을 이해한다는 것은 늘 유익한데, 내겐 이 책이 아이들의 영혼을 이해하는 데 있어서 과학이 우연과 합심하여 내놓은 결과물 중 가장 귀한 것으로 보인다. 그리고 이것은 예술에 힘입은 것이 아니라, 어린 시절을 모방하여 쓴 가장 훌륭한 시보다 더욱 문학적으로 다가오는 유년의 신비로운 창조력, 오로지 그 덕으로 성취된 것이다.

괴테의 시에 대하여*

　여덟 살 아이의 서툰 손으로 조부모의 생일 카드에 그리듯 써넣은 글이 괴테 인생의 첫 시였다. 마지막 시는 여든두 살의 노쇠한 손으로 죽기 겨우 몇백 시간 전쯤에 써 내려간 것이었다. 그렇게 길고 긴 인생 동안 시작詩作의 변치 않는 후광은 이 지칠 줄 모르는 인물을 늘 비추었다. 이 유일무이한 시인이 언어로 기적 같은 자기 재능을 조명하고 뒷받침하지 않은 해는 없었을 것이고, 어느 해에는 그러지 않은 달이, 어느 달에는 그러지 않은 날이 없었을 것이다.

　최초의 펜 놀림에서 괴테의 시 쓰기는 시작되었고, 마

---

*직접 선별한 필리프 레클람 출판사의 괴테 시선집에 붙이는 서문.

173

지막 숨을 내쉬는 순간 그것은 끝이 났다. 시를 쓴다는 것은 그에게 너무도 당연한 일이었으며, 빛이 광선으로 드러나는 것이나 나무가 성장하는 것처럼 그가 지속해서 인생을 해석하는 자연스러운 방식이었다. 창작은 괴테와 전적으로 유기적인 관계가 되었고, 괴테라는 인간의 속성이 되었으며, 그와 떼어 놓고 생각할 수 없는 것이 되었다. 그것을 "행위"라고 부르기도 적절치 않았는데, '하다'라는 것은 이미 의지와 연결된 행위를 표현하기 때문이다. 창작하는 그의 본성은 거의 화학적이고 기질적인 것으로, 갑자기 몰려드는 감각들에 시적으로 반응해 곧바로 그것을 시의 형태로 만드는 차원이었다. 산문적 언어에서 운율을 품은 시적 언어로 넘어가는 단계가 그에게는 아무런 강박도 없이 찾아왔다. 그가 쓰는 편지 한중간에서, 희곡에서, 노벨레에서 산문은 갑자기 속박에 매이지 않은 더 높은 단계의 형식을 향해 날개를 달고 날아올랐다. 그 안에서 모든 열정이 둥실 떠올랐고, 그 영역 안으로 모든 감정이 녹아들었다. 그렇기 때문에 그는 자신에게 일어났던 어떤 근원적인 경험을 시적 응축의 과정 없이 스스로의 풍성한 존재 안으로 받아들이는 일이 없었다. 괴테의 경우 경험이 결여된 시는 매우 드물었고, 또 반대로 시의 황금빛 그늘이 드리우지 않은 경험도 드물었던 까닭이다.

종종 이 시적 흐름은 우리 몸이 피로의 제약을 받듯 정체되고 방해받기도 했다. 그러나 괴테에게서 시적인 것이 결코 완전히 자취를 감춘 적은 없었다. 괴테 시 인생의 후반기에 대해 사람들은 때때로 내면에서 솟아나던 샘물이 무뎌진 삶의 감각에 짓눌려 익숙함의 부산물로 흐려졌다고 믿기도 한다. 그런데 갑자기 하나의 경험에서 비롯된 어떤 감정의 폭발이 새로운 샘을 뚫는다. 깊이가 다른, 말하자면 더 젊어진 다른 혈관에서부터 시가 새로이 흐르기 시작하는 것이다. 시의 언어는 다시 돌아왔을 뿐만 아니라 ―놀랍게도! ― 지금까지와는 완전히 다른 미지의 멜로디가 되었다. 새로 태어나 새로운 모습이 된 그의 모든 것이 내면의 음악으로 변하고, 차갑게 식고 즙도 모두 짜냈다고 생각한 괴테의 시는 그의 피가 끓어오를 때마다 완전히 새로운 재료로 인해 탈바꿈한다. 스스로 말했듯 늘 다르면서도 항상 같은 것으로. "친애하는 여러분, 나는 이렇게 쪼개지지만 또한 줄곧 하나였습니다."

이렇게 상승하고자 하는 힘과 팽팽한 긴장의 가장 높은 단계에 있는 끈기를 가진 시정신은 오직 이 시인만의 것이다. 세계문학은 그 풍부함의 지속성이나 밀도에 기여한 것이 없다. 오로지 내면의 충동만이 그가 계속 시를 쓰게 하며, 그의 모든 깨어 있는 시간을 지배한다. 사유를 통해 무형의 것을 붙들고 형식을 통해 경험을 붙들려는 열정이 그리하도록 하는 것이다. 괴테에게 시는 주어진 삶의 모든 요소를 형상과 사유로 변화시켜, 창조적 질서를 통해 인생의 총합을 상승시키려는 의지의 결과물이다. 같은 근원에서 흘러나온 천국의 물길이 세상 끝까지 함께 흐르듯, 그렇게 그의 내면 깊이에서 흘러나온 이 두 물길은 그의 전 생애를 흐른다. 그 둘의 결합과 끈질긴 동시성이 그의 독창성의 비밀이다.

그러므로 그의 생애에서 나타나는 이 두 가지 주요 징후, 시인 괴테와 사상가 괴테가 서로 스며들어 정신과 감정이 서로 완전히 용해되는 모든 순간이 굉장한 것이다. 이 두 세계가 높이 상승한 곳에서 서로의 정점을 쓰다듬을 때, 인류의 가장 수준 높은 사유에도, 시의 제국에도 속한다고 할 수 있는 신비주의적 울림을 주는 중요한 시들이 쓰였다. 이 세계들이 서로의 가장 근원에 있는 뿌리를 어루만질 때, 언어와 정신이 가장 완전한 결속을 맺어 그것이 곧 『파우스트』 혹은 「판도라」가 되고 모든 시 위에 있는 시, 세계적인 시가 되었다.

이렇게 시의 영역이 사방으로 확장되면서 자연히 시적 표현에 있어서도 세계적인 수준의 풍성함이 요구되었다. 괴테는 자신의 언어는 물론 우리 독일어까지도 그렇게 만들었다. 무에서 유를 창조했다고 해도 좋을 것이다. 그가 앞선 시인들에게서 취한 시적 토대는 이미 모두 소모되었고, 먼지가 앉았고, 색이 바랬으며, 오직 특정한 시작 기법의 스타일과 형태에 맞게만 재단되었다. 학문적으로 시의 스타일은 그 동기와 유래에 의해 구분된다. 독일어는 로맨스어의 세계에서 소네트를 빌려 왔고, 고전에서 6운각과 송시의 형식을, 영국으로부터 발라드를, 그리고 독일 전통으로부터 느슨한 유절가곡*을 가져왔을 뿐이었다. 끝없이 솟구치는 샘인 괴테는 재료와 형식, 내용물과 그릇, 살아 있는 것으로 비유하면 '씨앗과 껍질'인 이 모든 형태를 신속히 장악하고, 감정을 폭발시켜 과잉되게 하는 법 없이 그것을 딱 적당한 정도로 채웠다. 한계가 있는 모든 것은 늘 변할 태세가 되어 있는 그의 창조성을 담기엔 너무 작았고, 그의 엄청난 언어적 위력은 자신을 둘러싼 모든 것을 답답해했다. 그렇게 그는 더는 억지로 참지 않고 확고한 형식으로부터 도망쳐 더 높은 수준의 자유를 향해 달려갔다.

---

*가사의 각 절이 같은 선율로 되어 있는 가곡 형태.

끼워 맞춘 리듬도 물론 매력적이다,

그 안에서도 재능이 빛나고 있으니.

하지만 그런 것은 얼마나 빨리 넌덜머리가 나는지.

피도 감각도 없는 빈 가면일 뿐이니까.

새로운 형식을 고안해

모든 죽은 형식을 끝장내 버리지 않는다면

정신조차 기뻐하지 않을 것이다.

그런데 괴테 시의 이 '새로운 형식'은 그 자체로 유일한 것은 아니고, 무어라고 확고하게 규정할 수도 없다. 그는 타고난 언어 충동으로 모든 시대와 공간의 모든 형식을 시도해 봤지만, 어느 것도 충분하게 느껴지지 않았다. 그는 6운각의 장시부터 짧고 거의 껑충껑충 뛰는 듯한 형태의 두운까지, 한스 작스* 식의 무뚝뚝한 운율부터 핀다로스**의 찬가같이 자유롭게 흐르는 운율까지, 페르시아의 마카마***부터 중국의 금언까지 섭렵했고, 존재하는 모든 운율을 모든 것을 포괄하는 가공할 만한 위력의 언어로 넘어섰다. 그것으로도 부족해 그는 독일 시 한복판에서 수백 가지 새로운 형식을, 이름도 없고 명명할 수도 없는, 법칙

---

* 독일의 시인·극작가.

** 고대 그리스의 서정시인.

*** 아랍 문학의 한 장르로, 압운된 산문 형식으로 연극체 혹은 이야기체로 쓴 글.

이면서도 똑같이 반복할 수 없는, 오로지 그에게만 기인하는, 내부의 절대적인 대담성을 우리 젊은 세대도 아직 근본적으로 넘어서지 못한 그런 엄청난 것을 창조해 냈다. 가끔 그가 글을 쓴 70년의 세월 동안 시의 형식적 변주의 가능성이 이미 많은 부분 소진되어 버린 것은 아닌지 거의 두려움에 가까운 감정이 들 때가 있다. 왜냐하면 그가 이전 세대로부터 거의 취한 것이 없듯 그의 후손들이 그가 남긴 시적 업적에 추가로 기여한 것이 근본적으로는 없기 때문이다. 그의 한없이 거대한 업적은 그 이전과 이후 사이에 외로이 우뚝 솟아 있다.

그러나 형식의 다양성만으로 시적 탁월함을 가늠하기에는 무리가 있다. 그가 세계적으로 중요한 위치를 차지하는 시인이 된 것은 그 자신이 모든 작품 속에 한결같이 편재하기 때문이며, 다양함 가운데서도 각각의 형식과 표현이 조화와 독창성이라는 눈에 보이지 않는 특징을 실어 나르기 때문일 것이다. 그러니까 유전이라는 신비로운 전달 방식으로 같은 피가 그의 시의 가장 먼 혈관까지 스며들어 있는 셈이다. 이 고귀한 혈통의 표식, 정신적 언어적으로 우월한 위치에 있는 자라는 표시가 괴테의 모든 시에 분명하게 새겨져 있어서, 우리는 그 형식이 아무리 변해도 처음부터 끝까지 오직 그만이 그 시의 창작자일 수밖에 없음을 착각의 여지 없이 인식하게 된다. 더 나아가 그의 특징을 정말로 완벽히 꿰고 있는 자라면 그의 시에서 거둬들인 알곡 하나하나를 증거로 삼아 창작 연도와 시기까지도 시험감독관인 양 구분하고, 특정 멜로디의 조율에서, 특정한 언어적 특징에서, 어떤 것과도 비교할 수 없는 무언가에서 거의 항상 해당 시가 어떤 나이테에 속하는지, 그가 유년 시절에 쓴 시인지 혹은 고전주의 시절에 쓴 시인지, 아니면 후기에 쓴 시인지 확정 지을 수 있다. 10대 때부터 80대까지 끊임없이 변해 왔지만 결코 그의 필체임을 못 알아볼 수 없는 것처럼, 휘갈겨 쓴 수천 단어 중 단 한 단어로 괴테가 쓴 글임을 알아볼 수 있는 것처럼, 그런 식으로 모든 산문의 갈피에서, 모든 4행시에서조차 우리는 시인 괴테를 어김없이 만나게 된다. 대우주인 괴테의 세계를 소우주, 즉 가장 짧은 시에서도 볼 수 있는 것이다.

그런데 괴테의 짧은 시에서도 괴테적인 것을 매우 쉽게 알아보는 반면, 아무리 두꺼운 책을 연구한다 해도 그의 현재를 객관적으로 고정하고 개념적으로 확정하기는 여간 어려운 일이 아니다. 횔덜린, 노발리스, 실러같이 문체에 특별한 외적 표식이 있고, 심지어 운율적 미학적 공식을 만들려 했던 시인의 시에서는 이런 어려움이 상대적으로 덜하다. 왜냐하면 이들의 시에서는 관념 세계를 규정하거나 그 둘레를 묘사하는 특별한 언어적 색채와 독특한 형태의 기질을 계속해서 드러내는 운율이 명백하게 보이기 때문이다. 그러나 괴테의 시는 그렇게 분류해 보려는 모든 시도를 매번 지나치게 수다스럽거나 은유적인 것이 될 수밖에 없도록 몰아간다. 왜냐하면 그의 언어적 색채의 스펙트럼은 무한한 다양성 안에서 늘 변화하는 동시에 꽉 채워진 채 하나가 되기 때문이다. 감히 그 이미지를 그려 보자면 분할된 광선이 아니라 태양빛 자체와도 같은 것이라 말할 수 있겠다. 그의 운율은 장단長短격에도, 단장短長격에도 속하지 않는다. 말하자면 분류 안에 홀로 있는 셈인데, 대신 공감할 수 있는 범위 안에서 격렬하게, 때로는 고요하게 자신의 호흡을 따른다. 이렇게 문학뿐 아니라 모든 것을 감싸 안는 본성이 이야기하게 함으로써 그의 시적 표현은 어느 정도 자연스러움을 담보한다. 괴테 시의 특이성에 관한 연구는 늘 언어의 영역을 넘어서 그의 근본 성정과 그가 경험한 세상의 감각에까지 접근해 간다. 항상 최후의 해답은 특정 작품이 아니라 그가 가진 단일성이다. 그것, 창조적인 것, 거듭되는 변신에도 불구하고 늘 거기 있는 것, 파편으로 나뉠 수 없는 것. 바로 그다.

　이 '은밀하게 드러나는' 괴테의 단일성은 모순적이게도 그 자신이 가진 풍부함 이외에는 아무것도 헤집어 놓지 않는다. 끝이 없는 것을 체계적으로 배열하기는, 조망이 불가능한 것을 아울러 요약하기는 어려운 일이다. 따라서 괴테의 가치에 대해 현대 독일인은 접근 방법도 잘 알지 못할뿐더러 파악하려는 시도조차 못한다. 이것은 전적으로 그 면면의 풍부함 때문이라 할 것이다. 왜냐하면 그의 문학 세계를 조망하기 위해서는 그의 생애 전체를 알 필요가 있고, 그를 이해하기 위해서는 온전한 연구 과정이 필요하기 때문이다. 그가 자연과학 분야에 남긴 글만 해도 하나의 우주를 형성할 지경이고, 60권의 서신모음집은 백과사전을 이룬다. 그리고 그의 시만 해도 천 편이 넘어 학술적으로 전문가인 사람의 시선이 아니라면 그 다양성에 눈이 가려져 괴테를 단일성을 가진 존재로 좀처럼 이해하지 못할 것이다. 그런 이유로, 이렇게 수많은 시 중 선별을 통해 좀 더 선명한 조망을 얻고자 하는 바람은 매우 납득할 만한 것이다.

　괴테의 시 세계에서 작품 하나하나에 접근해 그중 더 중요한 작품을 골라내려는 시도를 한다는 소식이 들리면 당연히 기대감이 높을 것이다. 이 선별 작업에서는 독단적인 가치에 매몰되어 교만하게 결정을 내리려 하지 않고, 무의식중에 이 임무를 그가 속한 세대 전체의 정신과 함께 수행해 나가겠다는 겸손한 인식을 가질 때에만 편자의 책임감이 조금이나마 덜어질 수 있을 것이다. 괴테의 초상과 정신은 — 우리는 이 사실을 부인하지 않을 것이다 — 늘 다른 모습으로 변신하여 모든 세대에게, 그리고 한 세대 안에서도 모든 연령대의 사람들에게 각기 다른 의미로 다가오기 때문이다. 우리가 괴테라 부르는 그 정신적 변모의 고리는 1832년 3월 22일*에야 끊어진 것으로 보인다. 현실에서 그의 초상과 영향력은 여전히 시대와 시대 사이를 통과하며 시시각각 변화하고 있다. 괴테는 아직도 고정된 개념으로 볼 수 없으며, 문학사에 박제된 인물도 아니다. 각 세대에게 그는 새로운 의미가 되고, 작품집 또한 새로 가려 뽑을 때마다 새로운 형태가 된다. 시에만 한정해 괴테의『서동시집』이 어떤 가치 평가를 받아 왔는지, 이 오래된 시들이 마술같이 스스로를 드러낼 때 어떤 초월적인 힘으로 우리의 감정에 다가오는지 살펴보자. 당대와 19세기에는 뭔가 기이하고 시시덕거리는 가면 놀음으로 여겨졌던 바로 그 작품이 지금은 어떠한가! 반면 실러 시대에 쓰인 괴테

의 발라드와 민중에게 널리 사랑받았던 몇몇 작품은 그 극도의 단순함 때문에 이제 우리의 시각으로 평가할 때 얼마나 별로인 것이 되었나! 마치 신과 같았던 우리 학창 시절의 괴테, 모두가 이해할 수 있는 시를 썼으며 횔덜린과 니체 이후 독일인이 더 이상 들어서지 못했던 영역인 고대 그리스 로마 시대로 우리를 안내해 준 고전주의 예술가 괴테, 손에 잡힐 듯 가까웠던 이 괴테는 비밀스러운 것으로 가득한 시를 쓰는 신비한 조각가 같은 이미지와 그의 우주 전체가 지닌 세계관과 충돌하며 점점 더 뒤편으로 물러났다. 20세기에 그의 시를 새로 골라 묶는 작업은 이제까지와 완전히 다른 것이 되어야만 하고, 이 과정에서 개개인의 가치 평가나 19세기에 출판된 명작선집의 선택 기준은 논외로 해야 한다.

한 가지 원칙적인 기준만은 분류 과정에서 놓치지 말아야 했다. 예전이나 지금이나 절대적으로 시적인 가치가 있는 작품을, 되는대로 썼거나 오래 남지 않을 작품보다는 오랜 시간이 지나도 계속 회자될 작품을 선별하여 넣으려는 시도가 있어야 한다는 것이다. 이 작업은, 궁정의 분부로 창작되었거나 아니면 궁정과 관련된 이벤트를 위해 쓰인 시, 더 나아가 시의 소재와 운율의 형태로 보아 스승인

마법사가 부재중일 때 흡사 도제 혼자서 쓴 것 같은 유희적
이고 즉흥적인 작품을 치우는 것으로 충분하다고 생각하
는 이에게는 얼핏 수월한 일로 여겨질 수 있다. 그러나 곧
예상치 못한 어려움이 닥칠 것이다. 새로운 의문을 던지고
새로운 결정을 해야 할 때가 오는 것이다. 본래 세웠던 원
칙의 전환이 불가피해진다. 왜냐하면 이런 일련의 분류 과
정에서 종종 순수하게 미학적인 근거만으로는 그 작품을
선택하기가 어려움에도 불구하고, 뭔지 모르지만 매우 선
명한 힘이 이상하게 그 작품을 배제하지 못하도록 하는 듯
한 느낌이 시를 선별하는 사람에게 들 때가 있기 때문이다.
한 작품을 선택하느냐 마느냐의 기준에는 예술적 가치 외
에 분명 다른 어떤 것이 있다. 그리고 나는 현실의 삶에서
와 같이 예술을 평가하는 데 있어서도 한 작품이 탄생한 이
래 버텨 온 시간의 길이와 직감에 기댄 창작자의 영향력이
일종의 정당성을 확보할 수 있다는 것을 깨닫게 되었다. 작
품 고유의 탁월함으로 생명의 가치를 얻을 뿐 아니라, 그
창작자가 얼마나 훌륭한 사람인가에 따라 작품 또한 더 값
진 것이 되기도 한다는 것을 알게 된 것이다. 이것은 사랑
의 가치를 매기는 일에 비유할 수 있겠는데, 옛 애인과 헤
어지고 싶지 않도록 만드는 요인이 과거에 쌓인 신뢰인 만

큼이나 지금의 감정일 수 있고, 대상이 훌륭해서가 아니라 단순히 굳은 믿음에 의해 관계가 지켜지는 경우도 있는 것과 같다. 예컨대 「들장미」 같은 시는 어떠한가? 그 시 자체로만 보면 오늘의 우리 정서에서는 너무 순진하고 사소한 면이 없지 않고, 어떤 문헌학자는 심지어 그 시가 괴테의 작품이 아니며, 백 번 양보해서 괴테의 흔적이 있더라도 예전부터 내려오던 민요를 조금 손본 것일 뿐이라고 말하기도 한다. 엄격한 기준이 있다면 여기서는 이 시를 선정하지 말아야 할 것이다. 하지만 교과서에 실려 우리에게 괴테의 이름을 최초로 알리고, 그 멜로디를 아이였던 우리의 입술에 맴돌게 하고, 한 단어 한 단어 찬찬히 읽어 보기도 전에 우리 내면의 기억을 깨어나게 한 그런 시를 어떻게 배제하겠는가? 또 다른 예도 있다. 분명 서정성보다는 재미로 읽는 측면이 강한 시인 「아버지에게서 나는 이 체구를 물려받았네」(라고 말하면 누구든 자기도 모르게 뒷구절을 이어서 읊는 자신을 발견할 것이다. 이 시를 모르는 사람이 누가 있겠는가?) 역시 시적으로 그렇게 큰 의의가 있는 시라고 할 수는 없고, 만일 미학적 판단을 내려 주는 판사가 있다면 시집을 엮기 위한 선발에서는 당연히 탈락시킬 수밖에 없을 것이다. 하지만 이 '위대한 고백'의 페이지를 잘

라내 버리면, 괴테라는 사람의 존재와 근원, 깊숙이 각인된 그 사람의 육체적 정신적 구조마저 찢겨 나가 버릴 텐데 이것을 빼도 되는 것일까? 그리고 이런 식으로 그 자체로는 색채가 확실하지 않으나 그 형상이 빚어진 과정이나 상황에 비춰 보면 특별한 빛을 발하는 작품이 있다. 샤를로테 슈타인, 릴리, 프레데리케에게 헌정한 몇몇 시, 즉 시라기보다는 오히려 편지 같고, 예술 작품이라기보다는 오히려 한숨 섞인 안부 인사 같지만 괴테의 큰 전기적 그림에서 없어서는 안 될 작품이다. 이것으로 미학적 관점에서 극도로 엄격한 판단은 신경을 거슬리게 해 그만 내팽개치고 싶어질 기준이라는 것이 증명된다. 완고하고 엄격하게 예술로서의 가치를 판단한 선택은 시와 삶, 동기와 결과, 작품과 전기를 한 인간 안에서 억지로 갈라놓게 될지도 모른다. 됨됨이가 훌륭하고 그 자신이 유기적으로 조화로워 좋은 예술 작품을 창작하는 데 그치지 않고 그 자신이 하나의 예술 작품과 같은 괴테의 경우라 해도 그렇다. 그리하여 여기서는 관대한 선택의 기준으로서 우리가 아직도 모든 시대를 통틀어 지상의 존재가 가질 수 있는 최상의 질서라고 생각하는 것을 문체의 완성도보다 더 상위 규정으로 두었다. 그 규정은 바로 창조의 비밀을 품은 괴테의 삶 자체다.

선집을 구성하는 최종 단계에서는 시를 골라 뽑는 기준뿐 아니라 선정한 시를 배열하는 방식도 재고했다. 괴테의 작품과 삶은 분리할 수 없는 온전한 하나라는 확신이 있었기 때문이다. 채택한 방식은 연대기적 배열로, 시를 (한스 게르하르트 그레프*의 훌륭한 업적을 적극 반영하여) 시간순으로, 즉 시가 쓰인 순서대로 배치했다. 이러한 분류 방식은 사실상 지금까지 가장 높은 권위로 여겨졌던 시인 자신이 제시한 분류 기준을 반박하는 것처럼 보이기도 한다. 괴테가 직접 편집한 마지막 시 전집에서 그는 모든 시를 운율을 기준으로 해서 범주별로 분류하고, '자연', '예술', '소네트', '점점 가까워지는 고전 형식', '신과 세계'라는 소제목을 붙여 각 장을 함축성 강한 격언으로 시작했다. 거기서 시도된 방식은 시를 마치 꽃다발처럼 그 안에 깃든 정신의 색채에 따라, 운율의 분류에 따라, 또 소재에 따라 세심하게 함께 묶는 것이었다. 그리고 이 엄청난 시의 제국은 그 영혼과 의미를 기준으로 각 지방으로 분할되었다. 우리 선집의 분류는 이 인위적인 꽃다발을 다시 풀어헤쳐 시간적 요소를 고려해 각 시를 원래 자라났던 곳에 새로이 옮겨 심는 시도였다고 할 수 있다. 괴테가 에커만**에게 설명

---

* 독일의 괴테 연구자. 그가 편집자로 관여한 괴테 작품집은 오늘날까지도 그 권위를 인정받고 있다.

** 요한 페터 에커만은 독일의 시인이나, 정작 시보다 괴테의 비서로 대작가의 근거리에서 지내며 나눈 대화들을 정리해 출판한 『괴테와의 대화』로 훨씬 더 널리 알려졌다.

한 바에 부합하는 방식이다. "내 모든 시는 즉흥시다. 그것은 현실에 의해 촉발되는데, 바로 그 안에 시의 토대와 토양이 있기 때문이다." 이 토대에 — 단어의 뜻 그대로, 그리고 시간적 연결성도 참고하여 — 연대기적 배열로 각 시를 다시 심은 것이다. 여기에는 시의 의미와 특성이 아니라 자라난 순서를 기준으로 소년기의 시부터 장년기의 시, 탁월한 개념적 알레고리로 가득한 노년기의 시까지 모든 작품이 잇닿아 있다. 그 덕에 괴테에게서 창작의 샘이 처음 터져 나온 순간부터 노쇠했지만 여전히 힘찬 시인의 영원을 향한 지치지 않는 노력에 이르기까지 이 엄청난 시의 흐름이 모두 담긴 단 하나의 개관을 얻게 된 것이라고 나는 믿는다. 그리고 각 시가 쓰인 동기, 어떤 한 장면과 계절, 사람들과 일어난 일, 그 모두가 이 흘러가는 물결에 자연스럽게 반사된다. 이 시선집이 예의 그 휘몰아치는 젊은 시절의 시로 시작되는 것은 우연이 아니다. 그 시는 괴테가 가슴에 품은 망치로 독일 시의 완고한 형식을 산산조각 낸 사건이었다. 이 시선집이 은밀히 잦아드는 「신비의 합창」으로 끝나는 것 또한 우연은 아니다. 그것으로 그의 '필생의 역작'인 『파우스트』가, 또한 그의 삶 자체가 영원 속으로 사라질 수 있었다. 그 둘 사이에 펼쳐진 지상의 여행과 같은 시, 폭풍우 같은 시, 차갑게 식어 가는 피 같은 시, 리드미컬한 활기 같은 시, 결정을 맺으며 대리석처럼 단단하게 굳어지는 시, 열광적인 추격 같은 시가 신중한 배열 가운데 서서히 떠오른다. 그것을 통해 목격하는 고귀한 변신은 곧 한 인간이 어느 시대에나 적용되는 범인간적인 특성을 지니고 모범적으로 살아가는 과정과 다르지 않다. 괴테의 시는 그런 운명의 형태를 그저 자기 인생 뒤로 흐르는 배경음악 정도로 여긴 것이 아니라 교향곡처럼 웅장하게 그의 온 존재를 감싸 안는 것으로 여겼으며, 그것은 이 지상에 다시는 없을 인물의 가슴속에 음악이 되어 흐르고, 불멸하는 예술이 부리는 마법이 되어 우리에게 언제까지나 현재적인 것으로 남았다.

역자 후기

: 책의 사람 츠바이크

　종이책을 읽지 않는 시대라고들 한다. 인쇄되어 탄생하는 매체가 더 이상 팔리지 않는다면서도 한쪽에서는 종이책이 존속되어야 할 이유를 나열하고, 다른 한쪽에서는 전자책 또는 디지털 매체가 인쇄물이 담고 있던 정신의 열매를 담지 못할 이유가 무엇이냐고 묻는다. 글쎄, 어느 쪽이 더 맞는 말인지 판단하기는 어렵지만, 개인적으로는 책을 손에 쥐었을 때 느껴지는 물성과 새 책을 촤르륵 넘겨볼 때 나는 종이와 잉크 냄새가 좋다. 책마다 다른 표지 디자인과 종이 재질, 편집된 문단의 모양새 같은 것이 각 책의 개성을 보여 주는 것 같아서, 꼭 하나의 인격을 대하듯 한 권의 책을 대하게 된다. 누군가의 집을 방문했을 때 그 집 책장에 꽂힌 책들이 드러내는 주인의 관심사라든지 취향을 넘겨짚어 보는 일도 빼놓을 수 없는 즐거움이다. 어떤 책을 읽는가뿐만 아니라 어떤 책을 소장하고 있는가, 혹은 어떻게 책을 정리해 두었는가가 말해 주는 정보가 있기에 가능한 즐거움이다. 그런데 나처럼 평범한 사람도 이런 은밀한 즐거움에 공감해 줄 이들이 점점 줄어 가는 것을 체감할 정도인 걸 보면, 정말로 책을 읽고 구입하고 소장하는 사람의 절대 숫자가 줄어들고 있기는 한 모양이다.

놀라운 점은 약 백 년 전의 유럽인인 슈테판 츠바이크도 책의 위기를 걱정했다는 것이다. 물론 시대의 지성이었던 츠바이크는 책에 담긴 정신의 산물은 그것이 책이기에 담을 수 있는 것이라는 확고한 생각을 피력한다. 그 어떤 기술의 발명도 책이 감당해 온 역할을 대신하지는 못할 거라는 확신에 찬 예측과 함께 자신의 전부가 책에서 읽고 배운 것으로 이루어져 있다고 쓴다. 역자의 지난 역서인 『우정, 나의 종교』에서 벗들에 대한 츠바이크의 무한 신뢰와 애정을 확인할 수 있었던 것처럼, 이번 산문선집에서는 책이라는 매체를 거의 절대적이라 할 만큼 아끼고 사랑하는 책의 사람 츠바이크를 만날 수 있다.

이 선집에 실린 글의 다수는 츠바이크가 당대에 출간된 책을 읽고 발표한 서평으로, 문학과 비문학을 가리지 않고 쓴 글이다(릴케의 시, 프로이트의 『문명 속의 불만』, 토마스 만의

『로테, 바이마르에 오다』, 플로베르의 『감정 교육』, 스탕달의 『파르마의 수도원』, 타고르의 『사다나』, 조이스의 『율리시스』, 심리학 연구 자료집을 다룬 「어느 소녀의 일기」). 또 기존 출간 책의 요약본이나 새로이 골라 엮은 선집에 실린 서문도 있고(루소의 『에밀』, 괴테의 시선집), 출판계의 업적을 평가한 글도 있다(레클람 보급판 선집에 관한 「세계상으로서의 책」, 「발자크에 관한 촌평」). 2차 문헌으로 나온 연구서를 평가하며 그 연구서가 다루는 원전을 더 자세히 들여다본 글도 있고(「『천일야화』의 드라마」), 한 장르를 깊은 통찰로 다룬 글도 있다(「동화로의 회귀」). 단행본 한 권을 전부 번역한 것이 아니고 이런저런 매체에 각기 실렸던 글을 모은 것이라 모두 다른 형식과 문체로 쓰였지만, 각각의 글이 다루고 있는 작품에 가장 걸맞은 형식으로 쓰였다는 사실은 확실히 알 수 있다. 내용과 형식이 얼마나 자연스럽게 녹아들었는지, 츠바이크의 밝은 눈과 지성에 다시 한번 감탄하게 된다. 그리고 훌륭한 문학작품의 탄생에 붙여, 비록 그 작품이 금서로 지정되고 작가가 망명 중인 상황이어도, 이런 작품이 피폐한 전쟁광 시대에 유일한 위안이라고 감히 고백하는 목소리가 아픔과 감동을 동시에 전해 준다.

일천한 번역 경력이지만, 문학 텍스트, 그중에서도 작가의 사상의 정수가 가감 없이 담겨 있는 에세이를 번역할 때 더욱 조심스러워지는 경험을 츠바이크의 책을 연달아 작업하며 하게 되었다. 윤리적으로 고결하며 지적으로 타협이 없는 츠바이크의 성정은 그가 구사하는 언어에도 그대로 드러나서, 한국어로 옮긴 후에도 가능한 한 문체에 드러난 그의 정신을 손상하지 않으려 했다. 아무리 시간을 들여도 충분치 않은 작업을 마친 지금 그것이 그저 바람으로만 남은 것은 아닌지 염려하며, 츠바이크의 큰 이름 앞에 나 자신이 한없이 작아짐을 느낀다. 그렇지만 그것은 훌륭한 작가의 글을 내 손을 거쳐 세상으로 내보낼 때의 두려움일 뿐, 실은 츠바이크의 숨결이 고스란히 담긴 글과 함께 지새운 많은 밤이 참으로 행복했음을 고백한다. 더듬더듬 해독한 단어들을 퍼즐 맞추듯 새로 배열하여 온전한 문장으로 재탄생시킬 때, 그리고 새로 만든 문장에서 역자가 원문에서 만났던 츠바이크의 명철함, 책과 문학과 거기에 담긴 정신에 대한 한없는 애정에 기반한 명철함이 조금이나마 느껴질 때 찾아왔던 행복감은 타성에 젖은 일상의 많은 일에서는 절대로 얻을 수 없는 종류의 것이었다. 그 행복의 결과로 역자가 이 책을 읽는 독자에게 슈테판 츠바이크의 성실한 전달자가 될 수 있다면, 그것이 이 작업이 갖는 의미의 전부라고 생각한다.

알찬 기획과 책에 꼭 맞는 만듦새로 늘 좋은 기회를 주는 유유출판사에 감사의 마음을 전한다. 종이책의 존속 여부가 논쟁거리인 시대에 기꺼이 이 책으로 츠바이크와 책이라는 매체를 만난 독자에게도 깊은 감사의 마음을 전한다.

모든 운동은 책에 기초한다
: 세기말 교양인의 근사한 북-리뷰

2019년 5월 24일 초판 1쇄 발행

지은이　　　　**옮긴이**
슈테판 츠바이크　　오지원

펴낸이　　　　**펴낸곳**　　　　**등록**
조성웅　　　　　　도서출판 유유　　제406-2010-000032호(2010년 4월 2일)

　　　　　　　　주소
　　　　　　　　경기도 파주시 책향기로 337, 301-704 (우편번호 10884)

전화　　　　　**팩스**　　　　　**홈페이지**　　　　**전자우편**
031-957-6869　　0303-3444-4645　uupress.co.kr　　uupress@gmail.com

　　　　　　　　페이스북　　　　**트위터**　　　　**인스타그램**
　　　　　　　　www.facebook　　www.twitter　　www.instagram
　　　　　　　　.com/uupress　　.com/uu_press　　.com/uupress

편집　　　　　**디자인**
류현영　　　　　　이기준

제작　　　　　**인쇄**　　　　　**제책**　　　　　**물류**
제이오　　　　　　(주)민언프린텍　　책공감　　　　책과일터

ISBN 979-11-89683-12-2 03800

이 도서의 국립중앙도서관 출판예정도서목록(CIP)은 서지정보유통지원시스템
홈페이지(seoji.nl.go.kr)와 국가자료공동목록시스템(www.nl.go.kr/kolisnet)에서
이용하실 수 있습니다.(CIP제어번호: CIP2019018133)